Prix : **60** centimes

# AUTEURS CÉLÈBRES

## Albert CIM

# LES
# PROUESSES
## D'UNE FILLE

## PARIS
### C. MARPON ET E. FLAMMARION
#### ÉDITEURS
26, RUE RACINE, PRÈS L'ODÉON

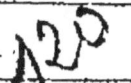

# LES

# PROUESSES

## D'UNE FILLE

## DU MÊME AUTEUR :

ÉMILE COLIN, — IMPRIMERIE DE LAGNY

# ALBERT CIM

## LES

# PROUESSES

# D'UNE FILLE

## PARIS

## C. MARPON ET E. FLAMMARION, ÉDITEURS

RUE RACINE, 26, PRÈS L'ODÉON

A MON AMI

JULES DEVELLE

DÉPUTÉ DE LA MEUSE

*Ces scènes du pays natal sont dédiées.*

ALBERT CIM

# LES
# PROUESSES D'UNE FILLE

## I

— Eh bien ! Hubert ? Si nous allions fumer notre bouffarde dehors ? Qu'en dis-tu, mon garçon ? fit le père Adnesse en jetant sa serviette sur la table, l'air satisfait et rayonnant, comme il sied à un honnête bourgeois qui vient de se réconforter copieusement et savoure encore le chaud bouquet de son vieux bordeaux et de sa fine champagne.

— Volontiers, à vos ordres ! répondit le jeune homme. Ces dames voudront bien nous excuser ? ajouta-t-il en s'adressant à ses voisines, M^me Adnesse et M^lle Eulalie Adnesse.

— Oui, oui, allons, viens ! Et vous aussi, n'est-ce pas, madame, vous permettez ? reprit M. Adnesse qui se ravisa tout à coup et s'inclina devant M^me Vauquois, la mère d'Hubert.

Celle-ci acquiesça d'un signe de tête et les deux hommes quittèrent la salle à manger.

La maison, un modeste hôtel construit au commencement du dix-huitième siècle, était située sur le flanc gauche de la place Saint-Pierre, au centre de la Ville-Haute, à Bar-le-Duc. Un large corridor, où tout un attirail de pêche et de chasse, des engins de toutes sortes, étaient symétriquement pendus aux murs, partait de la porte d'entrée, traversait une petite cour intérieure et aboutissait à la rue des Grangettes. De l'autre côté de cette rue, vis-à-vis de la remise ou *foulerie* qui attenait à la maison, se trouvait le jardin, dont la terrasse flanquée de deux belvédères dominait la partie basse de la ville.

Pour se promener et respirer à l'aise, par cette tiède soirée d'août, jardin et terrasse semblaient tout à fait propices. C'est à l'opposé néanmoins, vers la place Saint-Pierre, que M. Adnesse et son convive se dirigèrent. Tous deux, indifférents d'ailleurs aux pittoresques beautés d'un site qu'ils connaissaient depuis l'enfance, avaient l'habitude de se réunir chaque soir sur cette longue place, au sommet de laquelle se dresse l'élégant portail de l'église Saint-Pierre-Saint-Étienne, et d'y deviser et fumer, en allant et venant, en compagnie de quelques voisins.

Avant de sortir du corridor, M. Adnesse bourra sa pipe, l'alluma, puis, d'une voix discrète et légèrement moqueuse :

— Ah çà, mon gaillard, tu ne me disais pas?... fit-il en tapotant sur l'épaule d'Hubert. Régine est à Bar !

Hubert, qui était en train d'imiter M. Adnesse, continua son opération, et, après avoir aspiré coup sur coup plusieurs bouffées :

— Qui ça, Régine? demanda-t-il.

— La Régine Garnerot, pardi! Ne fais donc pas le nigaud!

— Et comment savez-vous?...

— Je l'ai aperçue tantôt, en revenant de mon bois de Vécl.

— Etes-vous sûr?

— Sûr et certain! Elle était devant chez elle, avec son oncle, le *Pied dégagé*. Il n'y avait pas à s'y tromper! Ce n'est pas au Jard, dans cette sale rue de Naga, que les donzelles portent de la soie; et elle était en grandissime toilette, mon cher, — épatante!

— Ma foi! Première nouvelle ! riposta Hubert.

— Vrai ? Tu ignorais son arrivée ?

— Quand je vous le dis !

Nos deux interlocuteurs, qui avaient franchi le seuil de la porte et cheminaient à petits pas devant l'église, furent abordés par un maigre et fluet personnage, au teint blafard, aux joues creuses, à l'air doucereux et chafouin.

— Bonsoir, Vauquois! Votre serviteur, monsieur Adnesse! dit le nouveau venu.

— Ah! voilà ce bon Collongin qui va nous renseigner! s'écria Hubert Vauquois. Est-il vrai que la Garnerot est parmi nous, « dans nos murs »? M. Adnesse prétend l'avoir vue...

— Il faut que cette fille ait perdu toute pudeur, interrompit Collongin, pour oser revenir à Bar et étaler son ignominie devant les honnêtes gens qui l'ont connue et secourue jadis. Oui, elle est ici; je l'ai rencontrée cette après-midi, attifée comme une princesse, couverte de bijoux, fardée, pomponnée... Quel bel exemple pour les ouvrières du quartier!

— On devrait lui intimer l'ordre de déguerpir, lui refuser l'eau et le sel! s'exclama Hubert avec une ironique indignation. Dites donc, Collongin, si vous adressiez une pétition en conséquence au conseil municipal?

— Vous plaisantez toujours, Vauquois! N'empêche que la présence de cette dévergondée est un scandale pour toutes les honnêtes femmes, une déplorable tentation, une cause de chute pour ces pauvres et laborieuses fillettes qui demeurent à côté d'elle, qui la coudoient, qui la reluquent...

— Allons, allons, vous prenez la chose trop au tragique, mon cher! riposta M. Adnesse. La présence de Régine peut avoir ses inconvénients, je ne le nie pas, mais elle a bien aussi ses avantages. Nous n'avons pas tous les jours l'occasion de contempler une élégante Parisienne, gracieuse, avenante, distinguée. Cela nous change!

— Ah bah! Est-ce que, par hasard?... Vous en tenez donc, mon futur beau-père? hasarda Hubert Vauquois.

— Moi? Oh! pas le moins du monde! En voilà une idée!

— C'est que, à vous entendre...

— Je parlais en général et non pour moi, personnellement. La vue d'une jolie fille ne me déplaît pas, certes! mais... je me contente de regarder, mon ami.

— Et vous la trouvez distinguée, cette Garne-rot? reprit Collongin. Vous n'êtes pas difficile! Où diantre l'aurait-elle donc prise, sa distinction, elle qui, à douze ans, courait les rues nu-pieds, en haillons, sordide et crasseuse à ne pas toucher avec des pincettes? Vous vous la rappelez? Une pauvresse qui nous soutirait des sous chaque fois qu'elle nous rencontrait, une trôleuse qui allait marauder dans les jardins, grapiller dans les vignes...

— Oh ! depuis ce temps-là, elle a fait du chemin !

— Un joli chemin ! Voyons, monsieur Adnesse, vous, un homme respectable, considéré, un père de famille, vous ne pouvez cependant pas approuver de pareils écarts !

— Mais non, cher ami, non, je n'approuve pas... je condamne, au contraire... je déplore, comme vous. Mais enfin, puisque c'est ainsi, puisqu'il en faut, de ces créatures-là, mieux vaut qu'elles soient bien nippées, attrayantes et appétissantes comme Régine, que chétives et minables comme les gotons qui fréquentent le bal *des Saules* ou rôdent autour de la caserne.

— Évidemment ! conclut avec une sorte d'insouciance Hubert Vauquois, qui, en qualité sans doute de gendre présomptif de M. Adnesse, semblait se désintéresser de cette discussion.

Après un silence de quelques instants, Arsène Collongin reprit :

— Et qu'est-ce qu'elle vient faire à Bar ? Se pavaner, exhiber sa défroque, ses chapeaux à plumes et ses diamants, éblouir et narguer le monde ! Quelle pitié !

— Décidément, Collongin, vous lui en voulez diablement, à cette pauvre Régine, repartit M. Adnesse. Vous oubliez qu'elle a un fils, un gamin de huit ou neuf ans, qui demeure chez son grand oncle Garnerot, le *Pied dégagé*...

— Avec ça qu'elle s'en occupe beaucoup de son fils !

— Oh ! Garnerot n'est pas homme à se charger de nourrir et d'élever des enfants *gratis pro Deo*, je vous en réponds, et Régine doit savoir ce qu'un tel entretien lui coûte ! C'est son oncle qui lui a mis en tête d'acheter les deux bicoques qu'elle possède rue de Naga, le champ de la Fourche sur la route de Combles, un jardin rue du Pâquis, un autre à Blamecourt, et le petit bois de M. Forgeot, là-haut, près de Véel. C'est lui qui profite de tout cela, qui loue les bicoques, récolte les légumes et les fruits, se chauffe avec les fagots, consomme, trafique, empoche l'argent ; et peu lui importe la suspecte origine de cette aubaine, peu lui importe de laisser à Régine les titres de propriété : — l'usufruit lui suffit. Il a, autrement dit, si bien su tirer parti de l'enfant, qu'il vit aux dépens de la mère.

— Je connaissais Garnerot pour un braconnier

de la pire espèce, mais j'ignorais ces détails, dit Collongin. C'est édifiant !

— Quelle famille ! Mon Dieu, quelle famille ! glapit Hubert, toujours narquois.

— Alors, c'est ce gredin-là qui a jeté sa nièce dans la voie de désordre et de perdition...

— Ma foi, non ! Garnerot n'a pas eu cette peine ; elle s'y est jetée toute seule, la mâtine ! Sa mère même, je me souviens de ça, poursuivit M. Adnesse, en est morte de chagrin. Régine n'était plus le petit souillon dont vous parliez tout à l'heure ; elle ne mendiait plus, ne vagabondait plus ; elle travaillait en fabrique, chez les Vincenot, et elle était propre comme un sou, fraîche, pimpante, gentille à croquer ! C'était un beau brin de fille, je vous le certifie ! Sa mère était entichée d'elle, n'avait d'yeux que pour elle. La brave femme comptait que sa Régine épouserait quelque ouvrier de la fabrique, un ourdisseur, voire un contre-maître ou quelque petit employé de bureau ; et, un beau matin, mademoiselle planta là sa maman, décampa sans tambour ni trompette, et s'en fut cacher à Paris une grossesse qui n'était déjà que trop visible.

— J'ai entendu conter cette histoire, effectivement, dit Collongin. J'avais quitté Bar, j'étais agent voyer cantonal à Saint-Mihiel, lorsque l'aventure est survenue. Et de qui était l'enfant, le savez-vous ? ajouta-t-il.

— D'un tisserand de la côte de l'Horloge, a-t-on prétendu, ou du fils Brichard, — ou d'un autre ! En tous cas, c'est Brichard qui a payé le voyage de Régine. Il assurait même lui avoir joué un bon tour. « Je ne pars pas avec toi, de peur de nous faire remarquer, lui aurait-il dit ; mais après-demain, sans faute, j'irai te rejoindre. Descends à tel hôtel, dans telle rue, et ne t'inquiète pas : dans deux jours nous serons réunis pour ne plus nous quitter. » Les deux jours durent encore.

— Brichard a pu se vanter de cela, mais il n'en a rien fait, il n'a pas commis cette canaillerie ! riposta Hubert.

— Qu'en sais-tu ? Il en est bien capable !

— A preuve, ajouta Collongin, qu'il s'est débarrassé par le même procédé d'une petite blanchisseuse de la rue Chavée...

— Virginie Giraudel, oui, connais ! interrompit M. Adnesse.

— ... Qu'il avait mise dans une situation non moins intéressante.

— Pour la petite Giraudel, c'est possible ! repartit Hubert. Quant à Régine, elle est trop fûlée pour s'être jamais laissé embobeliner par ce grand dadais de Brichard. D'ailleurs, ajouta-t-il avec un geste de suprême indifférence, je n'y étais pas, je n'en sais pas plus que vous, et, que ce soit Brichard ou un autre, je m'en... fiche !

Sur ce, entendant sonner dix heures au cadran de l'église, il annonça qu'il allait se coucher et tendit la main à M. Adnesse et au « bon Collongin ».

— Moi aussi, je rentre, fit ce dernier. Déjà dix heures ! Bigre ! ma femme doit se demander ce que je deviens !

D'ordinaire, en effet, la séparation avait lieu plus tôt : à neuf heures, neuf heures un quart, chacun regagnait sa chacunière ; et, jusqu'à la fine pointe de l'aube, la longue place n'était plus sillonnée que par les matous en goguettes, le silence troublé que par leurs rauques miaulements et le funèbre cri des hulottes du clocher. Pour que nos trois personnages, oublieux de leur salutaire coutume, se fussent ainsi attardés, il ne fallait rien moins que cette importante et troublante circonstance, ce grave événement : — l'arrivée de M<sup>lle</sup> Régine Garnerot.

## II

C'est à l'extrémité de la Ville-Haute, à l'orée des vignes et des jardins qui s'étendent jusqu'au bois du Juré, que se trouve la petite rue de Naga, où Régine et son oncle demeuraient.

Après avoir suivi tout du long la rue des Ducs, parallèle à la place Saint-Pierre, et côtoyé l'esplanade qui porte le nom de *pâquis*, et dont, au siècle dernier, pendant son séjour à Bar, le chevalier de Saint-George, Jacques Stuart, avait fait son lieu de promenade favori, on ne tarde pas à apercevoir, dans la montée de la rue du Jard, un carrefour, au fond duquel se dresse une haute croix de pierre. Deux rues, les rues de Naga et Pilviteuil, qui ne sont, à vrai dire, que de mauvais petits chemins escarpés, raboteux et rocailleux, prennent naissance devant cette croix, sur le flanc gauche de la rue du Jard. Celle-ci

continue à gravir le coteau, et, arrivée au sommet, se transforme en une large avenue bordée
de tilleuls superbes, — la route de Combles, —
au-dessous de laquelle s'étagent, comme à por-
tée de la main, les jardins et les maisons de la
Ville-Haute, le vieux château, la tour de l'Horloge, le clocher de Saint-Étienne, la chapelle des
Dominicaines ; — d'où l'on entrevoit, par échap-
pées, dans un fond brumeux, quelques parties
de la Ville-Basse, les toits de la rue de Véel, le
lourd dôme d'ardoise de Notre-Dame, le canal,
les prairies de la rivière ; là-bas, à l'extrémité
d'une étroite vallée, les peupliers de Naives ;
plus près, sur le coteau opposé, d'immenses éten-
dues de vignes, et, tout en haut, comme un long
ruban vert, la lisière des bois de Massonge et de
Mastrique : — site imposant et souriant, plein
de charmes, « fait à souhait pour le plaisir des
yeux », et qu'il n'est pas besoin d'aller en Suisse
pour contempler.

La rue de Naga, qui ne compte guère qu'une
dizaine de maisons, de chétives masures, n'est ha-
bitée que par de pauvres gens, ouvriers vignerons,
tisserands ou manœuvres, dont la nombreuse
et orde marmaille grouille et piaule du matin au
soir devant les portes, se roule dans la poussière
des rues avoisinantes ou sur l'herbe du pâquis.

Deux de ces maisons appartenaient à Régine :
l'une, formée de deux petits corps de bâtiment,
à un seul étage, avec caves ou *boutiques* pour
tisserands, était occupée par l'oncle Garnerot et
trois ou quatre locataires ; l'autre, que Régine
s'était réservée, était contiguë à la première, et
n'avait qu'un rez-de-chaussée, composé de deux
pièces donnant l'une sur la rue, l'autre sur un
jardin attenant à la maison et terminé par une
vigne qui aboutissait à la rue de Pilviteuil.

Ainsi que M. Adnesse l'avait raconté, c'était
Garnerot, le *Pied dégagé*, qui avait poussé sa
nièce à faire ces acquisitions.

— Au lieu de dépenser tous tes monacos en
toilettes, en fariboles, vaudrait-il pas mieux,
pour toi et ton môme, les mettre de côté ? lui
avait-il dit la première fois qu'elle était revenue
voir son enfant. Tu as de belles robes, un tas
d'affutiaux et de colifichets qui coûtent gros,
mais tout ce tralala ne suffit point. Faut que ça
dure, ma chère ! Ta mère, qui a toujours crevé
la faim pourtant, t'aurait fait de la morale à n'en
plus finir. Tu en aurais entendu, une kyrielle,
oui, pour sûr ! Moi, je ne te sermonnerai pas, ça
ne servirait à rien. Tu es d'âge à savoir te gouverner, et tu m'enverrais à la balançoire. Tu as
tourné comme tu as voulu, quoi ! Tout cela, ça

te regarde ! Mais à ta place, vois-tu, not'Régine,
je me ménagerais queuque chose pour plus tard,
comme qui dirait une poire pour la soif. Tu
me comprends ? Ainsi, pourquoi n'achèterais-tu
pas queuques vignes, queuques terrains, dans
nos pays ? Rien à risquer, placement sûr, la
terre ! Ou bien queuques ptiotes maisons qu'on
loue, qui rapportent... Ça ne s'envole pas, ça !
Ça vaut mieux que vos chiffons de papier ! Ici,
pour pas grand'chose, tu trouverais ton affaire ;
moi-même je pourrais guetter les occasions, te
dénicher ça, à de bonnes conditions. Hein, qu'en
dis-tu, ma fille ?

C'était un drôle de type que ce Césaire Garnerot, dit le *Pied dégagé*. Paresseux comme un
lézard, ennemi de toute contrainte, grand amateur de franches lippées et buveur émérite, il
n'avait jamais rien voulu faire et avait toujours
trouvé moyen, sans posséder un sou vaillant,
de vivre largement et à sa guise, de « se la cou-
ler douce », pour nous servir d'une de ses locu-
tions. D'abord, il avait sa femme, timide et
docile compagne, bonne, dévouée, laborieuse,
qu'il avait dressée de longue main et qui tri-
mait comme une forcenée, tournant quinze
heures par jour son rouet de bobineuse, pour ne
gagner qu'un piètre salaire de quelques francs

par semaine. Puis, — et c'étaient là ses meilleures ressources, — il y avait la chasse, la pêche, la tendue aux petits oiseaux, — le braconnage et la maraude dans tous les bois d'alentour, dans les biefs du canal et les fosses de la rivière. Garnerot, mieux que personne, savait amorcer les goujons, piquer les loches et les *baveux* à la fourchette, plonger sous les racines et fouiller dans les trochées d'herbe pour saisir une truite ou un barbeau ; mieux que personne, il connaissait les bons endroits. Et, pour disposer un lacet, enceindre une mare de *rejauts* et de *becs-à-terre*, planter des raquettes dans les détours d'un sentier, flanquer un coup de fusil à une bécasse ou à un lièvre, qui donc aurait pu lui en remontrer, aurait eu la prétention de lui « damer le pion » ? Toute la gent aquatique et tous les hôtes des bois, plumes ou poils, n'avaient pas de plus terrible ennemi que lui, et Dieu sait les ravages qu'il exerçait dans leurs rang! Surveillé, traqué par tous les gardes riverains et forestiers, vingt fois pris sur le fait, condamné à l'amende et mis en prison, il retombait toujours dans ses péchés d'habitude, dans ses vagabondes et délictueuses équipées. C'était plus fort que lui.

Il partait avant l'aube, vêtu, hiver comme

été, d'une blouse bleue et d'un pantalon de
cotonnade de même couleur, que sa femme avait
en vain essayé de repriser et de rapiécer et qui
n'était jamais qu'une guenille, — à l'impossible
nul n'est tenu ! — coiffé d'une affreuse casquette de drap toute lacérée, poussiéreuse et
poisseuse ; et, accompagné de son fidèle Moricaud, un épagneul bâtard, à longs poils noirs
remplis de gringuenaudes de boue qui pendil-
laient et ballottaient comme des glands de sonnette, presque aussi sordide et repoussant que
son maître, il s'en allait courir les tranchées et
les friches, barboter dans l'Ornain ou la Saulx,
pour ne rentrer qu'au coucher du soleil ou souvent même dans la nuit.

Pendant une de ces excursions, en voulant
traverser un enclos où des pièges à loups étaient
tendus, il s'était pris la jambe dans un traquenard et n'était parvenu à se tirer de là qu'au
prix de grands efforts, la cheville à demi brisée,
toute en sang. Il lui était resté de cette mésaventure une légère claudication, — et le susdit
sobriquet de *Pied dégagé*. D'aucuns affirmaient
néanmoins que ce surnom était antérieur à
l'accident et que c'était sa juvénile désinvolture
et la rapidité de sa marche qui seules le lui
avaient mérité.

Quoi qu'il en soit, à part ses braconnages, dont nombre de gens d'ailleurs et des plus huppés, des juges même du tribunal, ne se faisaient pas scrupule de profiter, Garnerot ne pouvait être considéré comme un vaurien dangereux et toujours prêt à en découdre.

« Je n'ai jamais causé de tort à personne, » se plaisait-il à répondre, lorsqu'on lui reprochait son irrégulière et folle existence ou quelque flagrante illégalité. Peut-être, en cela, exagérait-il un peu, ou jouissait-il d'une conscience par trop difficile à troubler.

Il était connu dans toute la ville, dans tous les villages environnants, à dix lieues à la ronde. Avait-on besoin d'une belle friture, d'un beau brochet ou d'un plantureux buisson d'écrevisses, d'une couple de perdreaux ou d'un chapelet de grives, de cailles ou de rouges-gorges, on allait le soir, sans faire *quanse* de rien, chez le *Pied dégagé*.

— Pour quel jour vous faut-il cela ? — Pour dimanche. — Ah ! nom d'un ! vous auriez dû me prévenir plus tôt ! Vous attendez au dernier moment ! Va falloir que je me trémousse ! Enfin, vous aurez votre affaire, vous pouvez compter dessus.

Et il vous tenait parole : quelle que fût la sai-

son, que la chasse ou la pêche fussent prohibées
ou permises, vous étiez servi ponctuellement et à
souhait.

Et quels précieux services ne rendait-il pas à
ses confrères malheureux, aux Nemrods qui s'en
revenaient bredouilles, aux *lignards* qui avaient
en vain prodigué le pain de chènevis, les vers
rouges et le blé cuit ! M. Adnesse, entre autres,
malgré ses engins de choix et son incomparable
équipement, en savait quelque chose. Que de
fois il avait usurpé la gloire de Garnerot, fièrement rapporté dans les mailles de sa gibecière et
exhibé à tous les yeux quelque grosse pièce, que
le vagabond lui avait cédée moyennant finance et
discrétion garantie !

Il y avait quarante ans et plus que Césaire
Garnerot menait cette vie ; il approchait de la
soixantaine, et, bien qu'il traînât un peu la
jambe, il était encore solide au poste et apte à
faire ses vingt-cinq ou trente kilomètres tout
d'une traite et à recommencer le lendemain. Sa
femme ne lui avait pas donné d'enfant : elle
n'avait pas eu le temps, la vaillante et malheureuse Lisa ; et, dès le bas âge de Régine, la fille
de son frère, il s'était pris pour elle d'affection.
Au lieu de se rendre à l'école, la gamine aimait
bien mieux s'en aller avec son oncle pêcher des

grenouilles, chercher des *sagets* pour amorces,
ou cueillir des *chevrettes*, et se régaler, *se gosser*,
chemin faisant, de prunelles, de *pochottes*, de
mûres, de *harlosses* et de *mocottes*. Il lui avait
enseigné tous ses trucs : comment on échafaude
les *gluaux* ; comment on façonne et où l'on tend
les *collets* ; quelles essences d'arbustes on doit
préférer pour la confection des raquettes ; comment, avec une feuille de lierre entre les dents,
on siffle les mésanges et les linots ; quels appâts
conviennent le mieux pour la tanche, la perche ou
le gardon ; à quelle profondeur il faut placer les
balances ou les *vervotins* destinés aux écrevisses ;
— il lui avait inculqué tous ses goûts d'indépen-
dance, de vagabondage et de fainéantise. Garçon-
nière, intrépide, elle recrutait, lorsque son oncle
ne voulait pas d'elle, tous les polissons du quartier, se sauvait avec eux à la Ville-Basse, le long
des routes ou dans les vignes, organisait des
parties de *quénée* et de *dialoupe,* franchissait les
haies, *copitait* les bornes, grimpait aux arbres,
dévastait les jardins, et ne craignait pas, si quelqu'un de ses compagnons s'insurgeait contre
son autorité, de se gourmer avec lui.

A douze ans, sa première communion faite,
Régine, comme la plupart des filles de sa classe,
entra « en fabrique ». On ne vit pas de grand

air, et les champignons et les petits oiseaux ne pouvaient suffire à la nourrir, elle et sa mère ; bon gré mal gré, il fallait travailler, gagner du pain. Ses quinze ans arrivèrent ; elle était jolie, et, comme dit la chanson, le savait bien. Grande et bien découplée déjà, les yeux tout pétillants de malice et d'effronterie, les sourcils bien arqués, le front à demi caché par les frisures de sa lourde chevelure d'un noir lustré, les lèvres courtes, charnues et rouges comme une fraise de bois, le teint hâlé et rosé comme une pêche de vigne, la mine agaçante et dédaigneuse, provocante et farouche à la fois, elle ne tarda pas à allumer autour d'elle bien des convoitises. Un des contre-maîtres, entre autres, s'acharna à la poursuivre, lui jura amour et fidélité à toute épreuve, et triompha de ses premières résistances. Par malheur, congédié quelque temps après pour dettes et inconduite, il quitta la ville, et Régine resta seule — avec son déshonneur.

Pour se consoler, elle n'avait qu'à choisir parmi ses soupirants, et le choix fut vite fait. Un tisserand, celui-là même que M. Adnesse avait désigné par son domicile, succéda au contre-maître. C'était toujours pour le bon motif et il avait « promis le mariage » ; mais ayant eu vent de ce qui s'était passé, certain de ne pas être « le premier », il se rétracta et une brouille s'ensuivit.

Alors vinrent des commis de magasin, des officiers de la garnison, des employés d'administration, des clercs de notaire ou d'avoué, tous rencontrés au bal *des Saules* ou sur le trottoir de la rue de la Rochelle. Quant au fils Brichard, qu'il eût ou non soldé les frais du voyage de Régine, c'était pure jactance de sa part de s'attribuer tout le mérite d'une affaire à laquelle tant de monde avait collaboré.

L'oncle Garnerot fut, en cette circonstance, le confident de Régine : à lui seul elle osa révéler sa honte. Il la consola, la réconforta de son mieux.

— C'était bien du guignon, certes ! On n'avait pas besoin de ça, vrai ! Enfin, c'est fait, c'est fait ! Quand on se casserait la tête au mur ! D'ailleurs. tu n'es pas la seule, va !

Il chercha même à la dissuader de partir ; mais ce fut en vain : elle avait trop peur des moqueries de son entourage, trop peur de sa mère aussi.

— Quel coup pour elle quand elle apprendra !... Non, je ne veux pas être là ! C'est toi qui lui raconteras, après, le... mon... ce qui m'est arrivé ! Tu la calmeras, tu lui diras de me pardonner. Lorsque le petit sera venu, je te prierai de le prendre avec toi ; ma tante Lisa l'élèvera... Je vous enverrai chaque mois quelque

chose, le plus que je pourrai... Ne t'inquiète pas :
je me débrouillerai !

Et elle se débrouilla, en effet.

Fine, rusée, rouée, sans moralité ni principes,
sans frein d'aucune sorte, paresseuse et âpre au
gain, pervertie dès l'enfance, elle eut bientôt
deviné quelles ressources Paris lui offrait, quelle
mine lui était ouverte et qu'elle n'avait qu'à
exploiter.

Ses couches faites, elle chercha un atelier, une
place quelconque, en attendant, pour tâter le
terrain. Pendant une couple de mois, elle tra-
vailla chez une couturière, tant bien que mal,
aspirant sans cesse à briser sa chaîne, à sauter
dans le tourbillon ; puis, sûre d'elle-même enfin,
sans l'ombre d'un scrupule ou d'un remords,
elle s'élança.

Tous les débuts sont pénibles, et quoique
Régine Garnerot eût déjà fait un premier appren-
tissage dans sa ville natale, elle n'avait pas encore l'expérience et l'entregent nécessaires ; elle
eut bien des mécomptes et bien des souffrances
à endurer, sans parler des humiliations et des
mépris qui pleuvaient sur elle et dont elle se
souciait peu, d'ailleurs. Plus d'une fois, congédiée
par une logeuse implacable, elle se trouva sur le
pavé, sans autres frusques que celles qu'elle avait

sur le dos, réduite à la misère noire, aux raccro-
chages et aux marchandages les plus éhontés,
les plus répugnants, obligée de tout prendre, de
tout accepter, de tout subir, — et bienheureuse
encore d'avoir à accepter et à subir. Plus d'une
fois, rôdant après minuit devant les cafés du
boulevard ou sur l'asphalte des rues adjacentes,
elle tomba dans des rafles, se colleta avec les
agents, fut traînée au poste et voiturée à la Préfecture de police. C'étaient là les désagréments
du métier, et, tout en maugréant et rageant, elle
les supportait sans se décourager, cyniquement.

Ici-bas ou là-haut, la vertu obtient toujours sa
récompense : Régine Garnerot, que les célestes
béatitudes ne tentaient guère, du reste, n'eut pas
l'ennui d'attendre que sa dernière heure fût venue.
Deux ans après son arrivée à Paris, elle était installée dans un coquet petit entresol de la rue de
Laval ; elle possédait un joli mobilier, une garde-
robe bien fournie, plusieurs paires de brillants,
des enfilades de bracelets; elle avait sa bonne,
son toutou, ses amis, — trois ou quatre amis,
pas davantage, mais sérieux, d'âge mûr, bien
posés, — et pas d'amant de cœur.

C'est alors que l'idée lui vint d'aller faire un
tour au pays. Elle pouvait se montrer à présent,
elle était assez cossue pour que personne n'eût à

rougir d'elle, au contraire ! Et puis l'oncle Garnerot la tarabustait sans cesse avec ses demandes d'argent. Elle lui avait promis vingt francs par mois pour son « petit », et si elle lui avait souvent faussé parole dans les commencements, elle s'était rattrapée depuis et l'avait amplement dédommagé. Et il insistait, il réclamait toujours !

C'est que la sincère affection que Garnerot portait à sa nièce ne pouvait contrebalancer le soin de ses propres intérêts, l'ardente et avide tendresse qu'il avait pour les pécunes. Maintenant que Régine était haut la côte, qu'elle avait « de quoi », il était permis, pensait-il, de se montrer plus exigeant ; il fallait tirer d'elle tout ce qu'on pourrait, — ce serait autant de sauvé, — exploiter le mieux possible la situation. Cela n'empêche pas les sentiments.

La nièce, qui était en tous points digne de l'oncle, se rebéquait ou faisait la sourde oreille.

— Encore plutôt que j'irais me dépouiller, m'arracher le pain de la bouche ! Pas si bête ! J'ai eu assez de peine à le gagner !

Mais Garnerot connaissait l'art de plumer la poule... ou la cocotte, sans la faire crier. Il proposa à Régine de placer chaque année en biens-fonds un peu de cet argent qui ne filait que trop vite entre ses doigts, dans ce sacré

Paris, et qu'elle se ferait voler un jour ou l'autre, pour sûr ! Le conseil lui parut bon; elle tomba dans le panneau.

Il ne s'agissait d'ailleurs que de très modestes acquisitions : les masures du Jard sont peu recherchées, et, pour quelques centaines de francs, on achète, aux alentours, un jardin ou un petit bois.

Régine acheta donc, par l'entremise de son oncle, solda comptant ou successivement, et put se vanter, devant ses émules et consœurs du quartier Bréda, d'avoir des biens dans son patelin, d'être propriétaire. Ce mot lui chatouillait délicieusement l'oreille; elle en avait plein la bouche, elle le savourait, elle se rengorgeait, elle était toute fière et toute heureuse de penser qu'il y avait là-bas, au sommet de la Ville-Haute, un coin de terre qui lui appartenait en propre, pour lequel elle payait l'impôt, où elle pourrait se retirer un jour, si le cœur lui en disait, et vivre tranquille, — chez elle.

Quoiqu'elle ne touchât, pour l'intérêt de son argent, que des sommes dérisoires, et que la meilleure part des revenus fût saisie au passage et prélevée par l'oncle Garnerot, elle supportait cette mauvaise foi sans trop le quereller ni se plaindre : l'important pour elle était de posséder.

L'amour de la propriété s'était développé en elle
au fur et à mesure que son avoir s'augmentait ;
et elle s'applaudissait de sa résolution : au moins,
à présent, quelque chose l'attachait à la vie,
l'occupait, la distrayait, la stimulait. C'était elle
qui maintenant poussait son oncle à s'informer
de la mise en vente et de la valeur des immeubles,
à épier les marchés avantageux, à courir au-
devant des occasions. « Ne crains rien, je me
procurerai de l'argent; au jour dit, le notaire
recevra la somme. » Elle ne pensait plus qu'à
acquérir et s'arrondir.

Et chaque année, vers la fin de l'été, lorsque ses
plus généreux commanditaires l'avaient délaissée
pour les bains de mer ou les villégiatures, c'était
une joie pour elle de revenir à Bar, de retrouver
ses bicoques de la rue de Naga, — quitte à y
sécher d'ennui au bout de deux jours et à soupirer après les Folies-Bergère et les tables
d'hôtes du quartier des Martyrs ; — de revoir et
de contempler ses jardins, son verger de Blamecourt, son petit bois de Véel, son champ de la
route de Combles, et de pouvoir se dire: « Tout
cela m'appartient! C'est à moi ! »

## III

Lorsqu'il eut souhaité le bonsoir à Hubert Vauquois, son futur gendre, et à l'agent voyer Collongin, après leur promenade sur la place Saint-Pierre, M. Adnesse rentra chez lui ; mais, au lieu de monter dans sa chambre et de se coucher, il longea le corridor à pas de loup, traversa la cour et ressortit par la porte de la remise.

De la rue des Grangettes, il gagna celle du Tribel, puis le pâquis, où il s'assit sur un des bancs de pierre.

Une route, la route de Bar à Aulnois, coupe le pâquis par moitié et aboutit au croisement des rues du Jard, des Ducs, du Tribel et de Polval.

M. Adnesse se leva au bout de quelques instants, se dirigea vers la rue du Jard, puis hésita, revint sur ses pas et se mit à suivre la route d'Aulnois. Quoique tout fût désert et que le plus profond silence régnât, il marchait avec précautions, se glissait entre les arbres ou le long des murs, et tournait fréquemment la tête derrière lui. La lune, dans tout son plein, épandait à flots ses rayons, et il avait peur que quelque habitant du voisinage, pris d'insomnie et accoudé à sa fenêtre, par hasard, ne le reconnût. C'est même pour éviter ce danger qu'il avait choisi la route d'Aulnois et préféré faire un long circuit à travers les vignes qui s'étendent entre cette route et la rue de Naga.

Comme il approchait de la demeure de Régine, il aperçut une ombre collée contre la muraille : quelqu'un écoutait, l'oreille sur le volet, ce qui se disait à l'intérieur.

— Chut!... Pas de bruit!... murmura Collongin, en étendant le bras vers M. Adnesse et en agitant rapidement la main.

— Vous!... Qu'est-ce que vous fichez ici? s'exclama le père Adnesse, sans tenir compte de la recommandation, stupéfait et furieux.

— Et vous? riposta Collongin en se redressant.

— Moi, je venais... J'ai des raisons ! C'est Vauquois, hein, qui est avec elle? Ah ! le chenapan! Je m'en doutais bien !

— Pardi! Ce n'est que pour cela qu'il nous a quittés tout à l'heure, repartit Collongin à demi-voix et en entraînant son interlocuteur à quelque distance de la maison.

— Un *malabre* à qui j'ai promis ma fille !... qui s'est engagé !... C'est dimanche dernier que sa mère est venue me faire la demande, et j'ai consenti : mon imbécile d'Eulalie est coiffée de lui ! Par respect pour nous, pour lui-même... Lorsqu'on a affaire à une famille honorable... Nom de Dieu ! On ne se conduit pas de la sorte ! Est-ce vrai, là, voyons ?

— Certainement, monsieur Adnesse, certainement !

— Faut qu'il ait le diable au corps ! Et vous l'avez entendu ? « La Garnerot, ici ? Pas possible !... Vous avez rêvé ! » Quel toupet !

— Chaque fois qu'elle vient à Bar, il ne manque jamais de la revoir. C'est une vieille connaissance. Pendant qu'il faisait son droit à Paris, ils se sont rencontrés...

— Oui, je sais, il m'a conté la chose. Je ne le prends pas pour un puceau, sacredié ! Je pense bien qu'il a eu des maîtresses ! Mais, quand on est à la veille de se marier, on rompt avec les anciennes, on ne va pas traîner chez des... toupies ! On se tient tranquille, je ne connais que ça !

Tout en continuant, l'un d'objurguer et de sacrer, l'autre de dodeliner de la tête, le père

Adnesse et Collongin avaient quitté la rue de Naga et s'en revenaient lentement.

Vers le milieu de la rue du Jard, un peu avant d'arriver au pâquis, ils passèrent tout près d'un jeune homme qui était caché dans l'embrasure d'une porte et semblait attendre, pour sortir de son embuscade, qu'ils se fussent éloignés.

Cette porte était celle d'un vaste enclos, d'une sorte de parc qui s'étend sur le côté droit et dans presque toute la longueur de la rue du Jard. Une autre entrée se trouve plus haut : près de la croix du carrefour, en face des rues de Naga et de Pil-viteuil, une belle grille à fers de lance dorés laisse apercevoir une large pelouse ornée de bannettes de fleurs, bordée d'allées soigneusement ratissées, et, tout au fond, à travers des massifs de seringas et de lilas, une superbe habitation dont la toiture d'ardoise se dresse fièrement, avec ses hautes che-minées à tympans sculptés, ses girouettes et sa rose des vents, au-dessus des acacias, des vieux ormes et des arbres de Judée qui l'entourent. C'est la seule maison riche du quartier, la seule confortable et propre. Elle fut construite, paraît-il, au commencement du siècle, par un peintre que la beauté du site, le pittoresque panorama de la route de Combles surtout, qu'on découvre à quelques pas plus loin, avait séduit. Achetée à

la mort de ce peintre par un amateur d'outre-
Manche, qui avait pris en grippe les brouillards
de la Tamise ; revendue peu de temps après à un
ex-maître de forges, elle appartenait depuis une
quarantaine d'années à une des familles les plus
anciennes et les plus considérées du pays, aux
Ghessart d'Autry, qui portent « écartelé en sau-
toir, au mufle de léopard de gueules, en chef et
en pointe, flanqué d'azur au besant d'argent ».

De père en fils, depuis trois ou quatre généra-
tions, tous les barons d'Autry ont été militaires,
et tous dans le génie. Jean-Louis Ghessart d'Autry, l'acquéreur du domaine du Jard, fut l'aide
de camp de son compatriote, le maréchal Oudinot,
pendant la campagne de Russie. Il salua avec
joie le retour des Bourbons, gagna ses épaulettes
de colonel en Espagne, auprès du duc d'Angou-
lême, et demanda sa retraite en 1830, au lendemain des trois glorieuses. Il était alors général.
Son fils, simple sous-lieutenant, froissé comme
lui dans ses opinions politiques, voulait démis-
sionner ; il l'en dissuada : Hector-Louis Ghessart
d'Autry conquit ses grades de lieutenant et de
capitaine en Algérie, et se retira lieutenant-colo-
nel, après avoir été assez grièvement blessé à la
jambe lors de la prise de Sébastopol.

Dans l'intervalle, il s'était marié ; il avait épousé

la fille d'un des amis de son père, M^{lle} Thècle de Vendières, originaire comme lui de Bar-le-Duc, appartenant comme lui à la vieille noblesse de la Ville-Haute.

Deux enfants naquirent de cette union : une fille d'abord, et quinze ans après, en 1858, un garçon.

Ce fils venu si tard, cet héritier du nom patronymique, qu'on avait tant désiré, qu'on n'attendait plus, fut l'objet de tous les soins et de toute la tendresse du baron d'Autry et de sa pieuse compagne. Ils l'élevèrent près d'eux, lui donnèrent ses premières leçons, puis un vicaire de la paroisse, l'abbé Minart, lui servit de précepteur, et ils ne se décidèrent à se séparer de leur cher Christian, — le chevalier, comme ils l'appelaient, — et à le confier aux jésuites de la Malgrange, près de Nancy, que lorsqu'il eut atteint sa quatorzième année. Il passa trois ans dans cette institution et en sortit avec ses diplômes de bachelier ès-lettres et de bachelier ès-sciences. Il se destinait à l'École polytechnique.

Quant à Germaine, sa sœur, mariée à un intendant militaire, elle avait depuis longtemps quitté Bar.

C'était Christian d'Autry précisément, ce cher

petit chevalier, qui était embusqué derrière la porte du parc, pendant que le père Adnesse et Collongin descendaient la rue du Jard, au retour de leur expédition nocturne. Dès qu'ils eurent disparu, il se glissa dehors, gagna la rue de Naga et s'arrêta à l'endroit même où nos deux coureurs de guilledou s'étaient rencontrés, devant la maison de Régine Garnerot.

Les petites lucarnes découpées en forme de cœur dans le haut des volets ne laissaient plus filtrer de lumière ; toute conversation, tout bruit de voix avait cessé : le prétendu de M^{lle} Adnesse, l'infidèle et heureux Hubert, reposait dans les bras de Régine.

Christian, toujours en contemplation devant la maison, paraissait ruminer quelque projet, et hésiter, avoir peur. Soudain il tira une lettre de sa poche, s'avança hardiment jusqu'au seuil, se baissa, mais, au moment de glisser sa missive sous la porte, la frayeur le reprit et il se sauva à toutes jambes.

IV

Il y avait trois semaines que Christian d'Autry
avait quitté la Malgrange et était rentré dans sa
famille. Si grandes que fussent l'estime et la
confiance que les bons Pères leur inspiraient,
M. et M<sup>me</sup> d'Autry avaient hâte de ressaisir ce
Benjamin, l'enfant de leur vieillesse, et de ne
plus se séparer de lui, maintenant surtout que
le premier pas était fait, que Christian était
reçu bachelier. Il était donc convenu qu'à la fin
des vacances il ne retournerait pas chez les Jésuites et suivrait, en qualité d'externe, les cours
de mathématiques spéciales du lycée. Il prépare-
rait ainsi, à côté d'eux, sous leurs yeux, son examen d'admissibilité à l'École polytechnique; —
et ce n'était pas sans une vive appréhension, un
serrement de cœur, qu'ils songeaient à ce nouvel et inévitable éloignement. Mais quoi ! le nom

de tous les Ghessart d'Autry était inscrit dans les cadres du génie : notre chevalier avait sa place marquée d'avance auprès de ses ancêtres et ne pouvait forfaire.

De haute taille, les cheveux blonds et bouclés, le front bien dégagé, le regard plein de franchise et limpide comme l'azur, le nez droit et mince, la lèvre estompée par sa moustache naissante, l'air aisé, avenant, ingénu et réservé, Christian, qui venait d'atteindre sa dix-septième année, offrait le type de l'adolescent de bonne famille, précieusement élevé sur les genoux de sa maman, — le modèle de la distinction native, de l'élégance et de l'innocence.

Jusqu'alors, en effet, à part son séjour à la Malgrange, il n'avait franchi la grille du jardin que pour accompagner ses parents aux offices de la paroisse ou chez quelques rares amis. Le baron d'Autry, voûté et blanchi par l'âge, souffrant de sa blessure à chaque changement de temps, aigri par les événements politiques, sombre, morose, fatigué, malade, écœuré, avait rompu presque toute relation et ne se plaisait plus qu'à aider ou surveiller son jardinier.

La baronne consacrait toutes ses journées à des œuvres pies ; elle était dame de charité, patronnesse de l'ouvroir, présidente de la confrérie du Salut, trésorière de la société de Protection de l'enfance. Les domestiques, — une cuisinière, une femme de chambre et son mari, le jardinier, —avaient tous plus ou moins dépassé la cinquantaine ; ils étaient entrés jeunes au service de cette famille, avaient pris part à ses chagrins et à ses joies, et, avec le temps, grâce à la mansuétude et à la bonté des uns, au dévoûment et à la respectueuse déférence des autres, maîtres et serviteurs avaient vu naître un attachement réciproque.

Seul, Christian apportait un peu d'animation et de gaieté dans ce monotone intérieur. Il était l'enfant gâté de tout le monde. C'était pour lui qu'Alexandrine confectionnait ses meilleurs gâteaux et ses crèmes, ses *quiches*, ses *michots*, ses *quatre-quarts*, ses tôt-faits, ses œufs au lait ou à la neige ; pour lui que Dominique cueillait la première pêche de ses espaliers ou réservait la plus belle grappe de ses treilles.

Sans compagnon pour partager ses jeux, un peu à cause de l'isolement de l'habitation et surtout parce que ses parents redoutaient « le mauvais esprit » de la jeunesse d'aujourd'hui, tant de funestes exemples, une si pernicieuse contagion, il ne s'ennuyait jamais, ou du moins ne s'était jamais ennuyé jusqu'alors. Il étudiait, lisait, s'amusait à jardiner avec Dominique, ou prenait son fusil et s'en allait dans le bois, au bout du parc, tirer sur les merles et les geais. De temps à autre, dans l'après-midi, sa mère, toute fière de s'appuyer sur son bras, lui proposait une promenade à la Ville-Basse ; on s'arrêtait chez des fournisseurs et l'on faisait le tour du canal ou *des Saules*. Le soir, tandis que la baronne festonnait une nappe d'autel ou tricotait une paire de bas pour quelque petit malheureux, la table de jeu était dressée et le père et le fils se disputaient pacifiquement des parties de tric-trac ou d'échecs.

Une fois par an, M^me Germaine de Vannoy, la sœur de Christian, venait passer une couple de semaines à la maison paternelle, avec son mari et ses deux fillettes. Ce voyage, fixé et attendu longtemps à l'avance, avait pour les maîtres de céans et leurs domestiques toute l'importance d'un événement. C'était quinze jours de remue-ménage, de vacarme, de liesse et de frairie. Christian surtout s'en donnait à cœur joie avec ses petites nièces, courant après elles et gamba-dant sur les pelouses, sautant comme elles à la corde, poussant l'escarpolette où il les asseyait à tour de rôle, devenu soudain et à leur grande jubilation aussi enfant qu'elles.

Puis, ses hôtes partis, la famille d'Autry reprenait sa quiète et patriarcale existence : tout retombait dans le calme plat.

Ce fut un dimanche, en revenant de la grand'messe avec sa mère, que Christian aperçut pour la première fois Régine Garnerot. Elle était debout, devant sa porte, en train de lutiner sa petite chienne Chiffonnette, qui jappait et bondissait autour d'elle. Christian écarquilla les yeux : quelle était cette belle dame? que faisait-elle dans ce misérable quartier? où se plaçait-elle à l'église? C'était sans doute une étrangère, puisqu'il ne l'y avait jamais vue? Autant de questions qui jaillirent d'un seul coup dans sa tête. Il était tellement intrigué et si loin de songer à mal qu'il questionna sa mère.

— Ce n'est pas une dame convenable, mon ami, ne la regarde pas, répliqua celle-ci.

— Mais, maman, est-ce qu'elle habite là?

— On ne doit pas parler de cette personne; il ne faut pas t'occuper d'elle, tu entends?

Mme d'Autry, qui, dans ses visites aux indigents de la Ville-Haute, avait été plus d'une fois renseignée sur la moralité de Mlle Garnerot, coupa court ainsi à la conversation.

Ce n'était pas le moyen d'apaiser la curiosité

de Christian. Si docile qu'il fût d'ordinaire aux volontés de ses parents, il se prit à penser à cette dame, malgré lui, et peut-être précisément parce qu'on le lui avait défendu, parce qu'on lui avait laissé entrevoir là quelque chose de mystérieux et de dangereux. Son imagination travaillait ; mais il se gardait bien de renouveler ses questions, d'interroger Dominique, Alexandrine ou la femme de chambre, quoiqu'il en grillât d'envie et qu'on lui eût également recommandé de se taire. Il sentait qu'il faisait mal, et il se cachait pour épier les allées et les venues de sa belle voisine, de cette étrangère, une Parisienne probablement, si distinguée, si élégante, mille fois mieux mise, mille fois plus attrayante que toutes les dames qu'il avait vues jusqu'à présent, sans comparaison !

Il avait découvert un petit sentier qui zigzaguait à travers les vignes, entre les rues de Pilviteuil et de Naga, et d'où l'on plongeait, à certains endroits, dans le jardin et la maison de Régine. Il s'y faufilait dès le matin et y rôdait des heures entières, un livre ou un journal à la main, par contenance, apercevant de temps à autre, à travers les branches, le peignoir de cachemire bleu ciel de la jeune femme, l'entendant appeler, par-dessus la haie, un bambin joufflu

et assez propret qui se hâtait d'accourir (son petit Étienne, toujours logé chez l'oncle Garnerot)
ou jouer avec miss Chiffonnette.

Régine, de son côté, n'avait pas tardé à remarquer les allures de ce promeneur obstiné. On ne
choisit pas, pour lire ou méditer, un abrupt sentier bordé de ceps peu élevés, sans ombrage,
surtout quand on peut trouver, à cent pas plus
loin, le frais abri et la mousse des bois. « C'est à
moi qu'il en veut, » se dit-elle.

Mais quel était ce jeune homme ? Comment
l'avait-il dépistée dans sa retraite ? A son tour,
elle le guetta, elle s'enquit, et ne fut pas peu
étonnée d'apprendre que « c'était le jeune d'Autry, le fils de ces richards qui habitaient dans
la belle maison d'à côté. »

Désœuvrée et curieuse, elle s'amusa d'abord à
se laisser faire ainsi la cour à distance ; puis,
comme elle était bonne fille et devinait que ce
trop novice soupirant, si elle n'y mettait ordre,
piétinerait toujours sans jamais avancer, elle résolut d'aller à lui et d'ouvrir le feu.

Un matin, vers les dix heures, Christian était
assis à un détour du petit sentier, sur une borne
de limite, lorsque le peignoir bleu ciel se
dressa tout à coup devant lui. Régine avait
suivi la rue de Naga, gagné l'extrémité du sentier

opposée à celle qu'il prenait d'habitude, et était
arrivée tout doucement, riant d'avance de la surprise et du trouble qu'elle allait lui causer. Le
passage n'était pas large et les jambes du jeune
homme l'obstruaient entièrement.

— Pardon, monsieur.

— Oh !... madame !...

Et vite, il se leva, pénétra dans la vigne à re-
culons, renversant les paisseaux, écrasant les
ceps sans y prendre garde, tout confus et ébaubi.

— Quelle chaleur ! Comment pouvez-vous
lire ici, en plein soleil ? C'est donc bien intéres-
sant, ce livre ? demanda Régine, en décochant
au pauvre garçon le plus encourageant sourire.

Christian lui présenta le volume : c'était un
des romans de Walter Scott, les seuls dont la
lecture lui fût permise.

— *Quentin Durward !* Je ne connais pas, fit
**Régine.** Est-ce beau ?

— Mais... oui, madame... C'est de Walter
Scott... sur Louis onze... balbutia Christian.

— Ah ! Walter Scott ! J'ai toujours eu envie
de lire cet auteur-là !

— Si j'osais... madame... Si vous voulez ?...

— Vous me le prêteriez ?... Oh ! bien volontiers !

— Nous avons toutes ses œuvres... *Rob-Roy*,

*l'Antiquaire*, *Guy Mannering*... très beau, *Guy Mannering*... Une trentaine de volumes... Ils sont à votre disposition.

— J'accepte, et de grand cœur, cher monsieur. Mais nous bavardons là, par ce soleil torride... Ne serions-nous pas mieux à l'ombre, sous la tonnelle de mon jardin ? C'est en face... Il n'y a qu'à traverser la vigne... Je passe devant pour vous montrer le chemin.

Comment dépeindre la joie, l'enthousiasme, l'ivresse de Christian, au retour de cette première entrevue ? Quels charmes, quels puissants et irrésistibles attraits elle possédait, cette dame ! Comme elle était splendidement belle, et affable, prévenante, confiante, angéliquement bonne ! Quelle enchanteresse ! Certes non, ce n'était pas autour de lui, dans son monde, qu'il aurait jamais rencontré une aussi admirable, aussi parfaite créature ! Que d'abandon et de grâce dans ses moindres mouvements ! Quelle voix caressante et mélodieuse ! Quelle langoureuse tendresse, quelle discrète et chaste flamme dans ses grands yeux noirs ! Comme c'était bien là l'emblème vivant, la personnification de cet idéal qu'il s'était plu tant de fois à évoquer dans ses vagues désirs et ses ardeurs d'adolescent, — la femme qu'il avait rêvée !

Elle existait, elle avait pris corps, cette divine apparition ; elle ne hantait plus seulement ses insomnies et ses songes, il pouvait la contempler chaque jour et s'entretenir avec elle dans la maison de la rue de Naga, toucher sa robe, baiser le bout de ses doigts, l'admirer, s'enivrer d'elle. Et ce bonheur, il le savourait, il s'y délectait avec d'indicibles transports. Il ne se reconnaissait plus ; il lui semblait qu'il était entré dans une nouvelle vie, ou plutôt qu'il n'avait pas existé jusqu'à présent, que c'était du jour où il avait aperçu Régine pour la première fois, de ce beau dimanche d'août, qu'il avait commencé de vivre.

Il s'inquiétait bien un peu, sans doute ; l'éclat et la pureté de son idole ne lui paraissaient pas à l'abri de tout nuage, au-dessus de tout soupçon ; il y avait en elle, dans sa manière d'être et sa conduite, bien des étrangetés, bien du louche, il n'était pas assez naïf ou assez aveugle pour ne pas le remarquer. Il se rappelait le mot de sa mère : « Ce n'est pas une personne convenable. » Elle était, en outre, de beaucoup plus âgée que lui, et elle avait — preuve vivante de sa déchéance — un enfant.

Oui, il se disait tout cela, il se sermonnait et se tançait ; et quand arrivait l'heure du rendez-vous, rien ne pouvait le retenir. Tandis qu'on le croyait au fond du parc ou en promenade au milieu des bois du Juré ou sur les friches de Savonières, il se glissait dans l'étroit et discret sentier, dévalait la vigne au galop et sautait dans le jardin, où Régine l'attendait. Là, assis à ses pieds, en extase devant elle, il oubliait tout, ses pressentiments, ses défiances, les sages avertissements de sa mère ; il n'écoutait et ne voyait plus qu'elle au monde ; il était subjugué, transformé, heureux surtout, — ivre d'un bonheur qui dépassait tout ce qu'avait deviné ou souhaité sa candide imagination.

V

Étendu sur un canapé de reps bleu, dans la
chambre à coucher de Régine, Hubert Vauquois,
le cigare aux dents, lançait vers le plafond des
spirales de fumée, et de temps à autre, se pen-
chait vers le guéridon, trempait ses lèvres dans
son grog ou y versait une surdose de rhum. Il
avait l'air d'être là comme chez lui.

La lampe, entourée de son globe, était à demi
baissée, et une indécise et laiteuse clarté, tout à
fait propice aux tendres abandons, s'épandait dans
la pièce. La fenêtre, qui donnait sur le jardin,
était grande ouverte, les volets fermés. Il faisait
une chaleur lourde, étouffante, et, par intervalles,
on entendait de lointains roulements de tonnerre.

Debout près du guéridon, sans autre costume
que sa fine chemise de batiste brodée et une
camisole de linon, Régine roulait une cigarette,

en chantonnant de sa voix grasseyante et fausse un refrain de café-concert.

> « Et pour cette place, en effet,
>    Ne faut-il pas...
>    Ne faut-il pas...
> Ne faut-il pas être rosière ! »

— Ouf ! quelle température ! C'est à n'y pas tenir !

— Une étuve ! s'exclama Hubert.

— Si j'ouvrais ? Ceux qui me verront n'en perdront pas la vue, pas vrai, ma vieille branche ?

Et, d'une seule poussée, elle écarta les volets, dont les ais déjetés claquèrent contre la muraille.

— Qui pourrait te voir ? Il n'y a personne dans les vignes à cette heure-ci.

— Et puis, je suis chez moi, je m'en bats la paupière ! Oùsqu'il y a de la gêne...

> « Ne faut-il pas...
>    Ne faut-il pas...
> Ne faut-il pas être rosière !

> Pendant deux mois, par dévoûment,
> Pour soulager sa pauvre mère,
> Vous la voyez, la chère enfant,
> Tous les soirs aux Folies-Bergère.
> C'est elle qui tient le buffet,

Où l'on vend la fleur printanière...
Et pour cette place, en effet,
  Ne faut-il pas...
  Ne faut-il pas...
Ne faut-il pas être rosière ! »

— C'est fâcheux que tu n'aies pas un piano,
dit Hubert en ricanant.

— Mais, mon petit, il ne tient qu'à toi ! Si tu
veux m'en offrir un ?...

— Merci, je sors d'en prendre ! Impossible de
faire un pas maintenant sans être assommé de ce
sacré tapotage ! On n'en meurt pas, c'est vrai,
pas plus que de la migraine ou du mal de dents,
mais quel supplice !... Ainsi, ce soir, la fille du
père Adnesse, une jeune personne très bien, qui
sort du couvent...

— Ta fi-an-cée ! glapit Régine.

— Ma fiancée, soit !

— Gros malin ! Avec ça que je ne sais pas de
quoi il retourne ! Alors, ce pauvre loulou, on lui
a sériné de la belle, belle musique, on lui a
déchiré le tympan un peu bien ?

— Oh ! oui !

— Ingrat, qui n'apprécies pas les trésors
qu'on lui offre, qui nargues les pures joies de
l'innocence, les chastes et suaves talents de la
jeune vierge, sa future compagne !... Oh ! les

hommes, les hommes!... A propos, reprit tout à coup Régine, ne connaîtrais-tu pas un nommé Collongin, un agent voyer?

— Collongin? Je ne connais que lui! Pourquoi cette question?

— Parce que... Est-il riche?

— Pas le sou! Il gagne quinze ou seize cents francs par an, et il est marié, il a deux mioches.

— Ah! Et quel genre d'homme?

— Peuh! un imbécile, un pleutre, un cagot... Est-ce que, par hasard, il aurait des intentions?...

— Tout juste!

— Ça ne m'étonne pas! Avec ces airs de puritain farouche, toujours prêt à fulminer contre la corruption du siècle, à crier que tout s'en va, que tout se meurt, le culte de la famille, le respect des convenances, les saintes croyances de nos pères, et patati et patata!... Ah! la canaille! Voyez-vous ça!

— Figure-toi, cette après-midi, j'étais couchée où te voilà, repartit Régine, en train de faire ma sieste, lorsque, ding! ding! on sonne. Je cours ouvrir et je vois un petit monsieur, maigre, sécot, avec une casquette à galons d'argent et des paperasses sous son bras. « Mademoiselle Garnerot, c'est ici? — Oui, monsieur, que je lui réponds, c'est moi-même. — Mademoiselle, j'aurais une réclamation à vous adresser au nom du service vicinal. » Et il me tend sa carte. Je le fais entrer, je lui offre un siège. « Monsieur, je vous écoute. » Il commence par se moucher, tousse, hum! hum! pour s'éclaircir la voix, puis : « Vous êtes bien propriétaire, n'est-ce pas, d'un enclos situé côte de Blamecourt, ayant pour voisins, d'une part les héritiers Colson, d'autre part... — je ne sais plus qui — figurant sur le plan cadastral sous le numéro... tant! » Et il me déroule ses paperasses, me montre une grande ligne bleue : « Ça, c'est le faux canal, qu'il me dit; et puis, tenez, là, en remontant, voici Blamecourt, et ce petit carré où j'ai le doigt, c'est votre enclos. » Je lui réponds que je possède, en effet, au tournant de la côte de Bla- mecourt, un jardin bordé de murs... « Précisé- ment, c'est à cause de ce mur!... Il est en bien mauvais état, il menace ruine, mademoiselle! — Il ne menace rien du tout, que je lui réplique; il a été refait à neuf lorsque j'ai acheté le jardin, il y a deux ans; et pas plus tard qu'hier, je l'ai vu... Vous devez vous tromper, monsieur. — Mademoiselle, je vous assure... » Et le voilà qui se lance dans une foule de détails, qui me parle de fondations, de lézardes, de moellons... Moi, je m'*ostine* à soutenir qu'il n'y a rien à craindre, que mon mur est solide comme le Pont-Neuf. Il m'embêtait à la fin, ce type-là ! Peu à peu je m'aperçois qu'il barguigne, bafouille, qu'il s'emberlificote ; il ne sait plus que dire, il est tout décontenancé, tout ahuri... et il finit par m'avouer en se jetant à mes genoux, que cette histoire de mur qui s'écroule n'est qu'un prétexte, qu'il voulait arriver jusqu'à moi, qu'il m'aime, qu'il m'adore...

— Tableau ! J'aurais volontiers donné quelque chose pour voir cela !

— Et il me prenait les mains, s'agrippait à moi, me pressait, me suppliait ! « Mademoiselle, ayez pitié !... Mademoiselle !... — Laissez-moi, monsieur ! Mais finissez donc !... Voulez-vous bien me lâcher ! » Et il roulait des yeux, mon cher ! Il soufflait, haletait, reniflait, renâclait ! Hou ! hou ! hou ! comme un phoque, — ou une locomotive ! Et il était rouge ! Il avait une tête ! Oh ! la bonne tête !

— Je te crois !

— J'ai eu toutes les peines du monde à me débarrasser de cet ostrogoth, acheva Régine. Je le menaçai d'appeler à mon secours. « Non, ne faites pas cela, mademoiselle ! Que dirait-on si l'on me surprenait !... De grâce !... Pensez donc ! »

Enfin, il s'est déterminé à quitter la place. J'ai même dû le rappeler pour lui restituer ses insignes, sa casquette galonnée, qu'il avait laissée choir pendant l'action.

Puisque Régine était si bien en veine de confidences, pourquoi ne racontait-elle pas de même à Hubert qu'un autre soupirant était venu apporter quelque diversion dans sa solitude, — qu'elle recevait chaque jour la visite de son jeune voisin, du gentil chevalier Christian d'Autry ? Elle n'avait cependant guère de secrets pour Hubert, ce vieil ami, avec qui elle avait fait tant de joyeuses parties au Château-Rouge ou à Bullier, et qu'elle ne manquait jamais d'avertir lorsqu'elle venait à Bar, qui lui aidait de son mieux à tuer le temps.

C'était cinq ou six ans auparavant qu'Hubert Vauquois avait retrouvé sa payse. Il suivait alors les cours de l'École de droit. Un soir, en sortant de son petit restaurant de la rue Cujas, il s'était laissé entraîner par des camarades ; on avait bu quelques bocks à *la Source*, puis on s'était fait conduire au Skating de la rue Blanche.

A peine entré dans la salle, Hubert se croisa avec une belle grande fille, au teint mat, aux yeux cernés de kohol, à la poitrine saillante et plantureuse, la taille étroitement sanglée dans une robe de soie mauve garnie de dentelles.

— Où diable ai-je vu cette frimousse-là ? se dit-il aussitôt.

Quelques minutes après, Régine, accompagnée d'une amie, passa de nouveau près de lui. Il la reconnut à sa voix.

— Mais je ne me trompe pas ! c'est la Garnerotte, la nièce du *Pied dégagé* !

Et il l'aborda.

— Pardon, belle enfant, est-ce que vous n'êtes pas de Bar-le-Duc ?

— Quéqu'ça vous fiche, à vous ? répliqua-t-elle, en le toisant par-dessus l'épaule, sans s'arrêter.

— Mazette ! vous n'avez pas appris la politssse depuis le temps !... Et vous avez oublié vos anciennes connaissances, ma chère ! Nous avons dansé plus d'une fois ensemble au bal *des Saules*, chez Michaud. Vous travailliez alors à la filature Vincenot...

— Attendez donc ! Hubert Vauquois, le fils de l'avoué de la rue du Bourg ?

— Précisément !

— C'est qu'il y a un tas de pignoufs qui vous accostent... Et puis, je n'aime pas à être rencontrée par des gens de chez nous... Faut que ce

soit toi!... Ah! ce pauvre Hubert! Et que fais-tu
à Paris?

— Je suis étudiant en droit, — deuxième
année. Ce soir je suis venu ici, par hasard, avec
des copains... Et toi?

— Tu vois, je me ballade! repartit-elle avec
un rire forcé.

Séance tenante, Hubert lui proposa de l'em-
mener souper, et elle accepta sans se faire prier.
Il l'accompagna ensuite chez elle, et ne la quitta
que le lendemain, en lui promettant de revenir
prochainement.

— Bien sûr?

— Parole d'honneur! Du reste, tu as mon
adresse: rue Gay-Lussac, hôtel des Nations...

— Et si tu tardes trop, j'irai te relancer,
méfie-toi!

Elle n'eut pas cette peine: trois jours après,
Hubert lui envoyait vingt-cinq bouteilles de vin
du pays: « C'est de ma vigne de Bussy-la-Côte,
tu goûteras ça! » et l'informait qu'il viendrait le
soir même dîner avec elle et la conduirait au
théâtre.

Des relations suivies, d'où toute jalousie était
exclue, où le plaisir sensuel s'alliait à une franche
camaraderie, s'établirent ainsi entre eux et
durèrent jusqu'à l'époque où Hubert passa sa

thèse et dut, bon gré mal gré, quitter Paris.

Son père était mort peu de temps auparavant, et M^me Vauquois s'ennuyait d'être seule et ne cessait de réclamer son fils. Les dangereuses séductions de « la capitale » la terrifiaient ; il lui tardait de voir son Hubert, son unique enfant, hors de ce tourbillon, réinstallé près d'elle, sous son aile, et marié surtout, bien marié. Déjà elle avait pris ses renseignements, elle lui avait ménagé plusieurs beaux partis. Il n'y avait qu'à choisir. On verrait ensuite à acheter une étude de notaire.

Hubert lui répliqua que rien ne pressait, qu'il n'avait que vingt-sept ans et ne se sentait aucune disposition pour le mariage.

— Je resterai avec toi, ainsi que tu le désires, lui dit-il ; mais, concession pour concession, laisse-moi ma liberté, — jusqu'à nouvel ordre !

Et il se mit à vivre en gentleman de province, surveillant ses coupes de bois et ses *chavages* de vignes, chassant tous les gibiers, lièvres et jolies filles, mangeant bien, buvant mieux, courant les cafés, culottant des pipes, jouant chaque soir à son cercle d'interminables parties de jacquet, de billard ou de bésigue, — au fond s'ennuyant à mourir. Il s'était fait admettre, pour la forme, en qualité de clerc, chez M^e Herbillon, et, de temps à autre, en effet, quand il pleuvait, par exemple, on l'apercevait derrière les vitres de l'étude, en train de tambouriner une marche ou de griller une cigarette. Deux ou trois fois par an, il trouvait moyen de filer à Paris et allait se retremper pendant huit jours auprès de Régine; et puis, il y avait les quelques semaines que celle-ci venait passer à Bar : c'étaient là ses seules distractions, ses seuls bons moments.

M^me Vauquois ne s'était pas tenue pour battue néanmoins et avait peu à peu, sournoisement, renouvelé ses tentatives matrimoniales. Hubert, amolli et abruti par cette existence de mollusque, avait, de guerre lasse, fini par se rendre : M^lle Eulalie Adnesse possédait cent cinquante mille francs de dot, huit cent mille en espérance ; ce n'était pas une beauté hors ligne, mais sa physionomie n'était pas désagréable; elle avait de l'expression, l'air « très comme il faut », une jolie tournure, — un peu maigre pourtant; — enfin on s'y fait, et puisque tout le monde doit en passer par là ! Et il s'était laissé présenter, sans trop rechigner.

M. Adnesse avait accueilli avec joie ce bon gros garçon haut en couleur, de belle santé et de belle prestance, qui, comme lui, aimait la chasse,

la table et le reste, avec qui il s'entendrait si bien
et vivrait en franc camarade.

— Voilà bien le gendre qu'il me fallait ! Jamais
je n'aurais pu mieux tomber ! Et toi, fifille, qu'en
penses-tu ?

Fifille avait été trop bien élevée pour oser contredire son papa, et on avait décidé que la céré-
monie aurait lieu aussitôt après les vendanges.
Quant à l'étude de notaire, comme les futurs
époux ne voulaient pas aller s'enterrer dans un
chef-lieu de canton, on attendrait que maître
Herbillon ou un de ses confrères de la ville se
défît de sa charge : on avait le temps.

Ce prochain mariage, Régine l'avait appris par
son oncle et par les commérages du quartier, et
elle n'en avait éprouvé aucun chagrin. Hubert
n'était pas son amant attitré ; elle ne pouvait pas
exiger de lui une constance et une fidélité qu'elle
était loin, certes, de lui garder et qu'il savait bien
ne pas trouver en elle. D'ailleurs, elle ne s'était
jamais fait illusion : un jour ou l'autre il se ma-
rierait, c'était inévitable.

— Mais ça ne nous empêchera pas de nous
voir, hein, mon chéri ? un peu moins souvent
peut-être... Que veux-tu ? Il faut se plier aux
circonstances ! Mais tu trouveras toujours bien
quelque prétexte pour t'esbigner de temps en

temps, quand je serai ici ou quand tu viendras à
Paris avec ta... légitime! Tu ne voudrais pas
abandonner ta Réginette, cette brave petite
payse, comme tu m'appelais devant tes cama -
rades du *Boul' Mich'*. Tu te souviens? Nous
sommes deux vieux amis, nous deux, n'est-ce pas,
mon gros loup ? disait Régine, pendant qu'Hubert,
à demi couché sur le canapé, continuait de siroter
son grog, — un grog qui ne contenait plus que
du rhum, — et achevait tranquillement son
cigare.

— C'est évident que ça n'empêchera pas !
Quelle plaisanterie ! Je ne l'aime pas, cette petite !
J'ai besoin de me créer une situation, un intérieur... Tu ne te doutes pas de ce qu'est l'existence dans cette taupinière ! Funèbre, ma chatte !

—Si, je m'en doute bien! Et quand je te vois
recourir à des moyens aussi... désespérés, je
t'excuse, je te plains...

— Hélas !

— Pauvre trésor !

Les roulements du tonnerre retentissaient
toujours et se rapprochaient ; à toute minute,
la blafarde lueur des éclairs embrasait le jardin
et les vignes d'alentour ; le vent commençait à
s'élever et de sourds mugissements, comme un
râle continu et menaçant, se faisaient entendre

du côté de la forêt, sur le plateau de la colline.

Régine ferma la fenêtre et, après avoir tiré les rideaux :

— Tu ne vas pas t'en aller par un temps pareil ? demanda-t-elle.

— Est-ce que je puis découcher! Ma mère me croit au cercle, mais elle a toujours l'oreille au guet, elle ne s'endort que quand je suis rentré. Si demain elle ne me voyait pas descendre de ma chambre, si elle trouvait mon lit intact, elle m'en ferait, une scène! Et les bonnes qui s'empresseraient de colporter mon crime dans toute le voisinage! Je serais perdu de réputation, ma chère! On me montrerait au doigt. Ah! tu ne sais pas ce que c'est, va, heureuse fille!

— Vive Paris, hein? A la bonne heure, là-bas!

Hubert, pour toute réponse, poussa un gros soupir; puis il se leva, s'étira :

— Allons, il faut me dépêcher de filer, si je ne veux pas être trempé. A demain, bichette, ajouta-t-il en embrassant Régine. Oui, va, plains-moi! Ah! misère! Essayez donc, avec un tel système, de ne pas devenir aussi jobard que Collongin!

## VI

L'ouverture de la chasse approchait et, par
suite, celle de la tendue aux petits oiseaux, qui
est un des grands divertissements de la bourgeoisie barisienne et des riches contadins d'alentour, — une ancienne et barbare coutume de la
contrée. M. Adnesse avait employé son après midi
à inspecter les sentiers, les mares et les *places à
fourneau* de son bois de la Vierge ; il avait calculé
qu'il lui faudrait un millier de raquettes, une
centaine de *becs-à-terre* et de *rejauts* : il voulait
cette année éclipser tous les tendeurs, ses confrères. Hubert Vauquois serait de la fête ; on
ferait transporter dans la rustique maisonnette
deux ou trois barils de bière, une feuillette de
vin, quelques bouteilles de vieille eau-de-vie de
marc ; ils partiraient ensemble tous deux chaque
matin, la carnassière bourrée de provisions, et

déjeuneraient sur l'herbe, devant la baraque ; quelques amis, des tendeurs voisins, viendraient les rejoindre, jouer aux boules, trinquer et godailler avec eux. Ou bien on pousserait du côté de Beauregard et de Vadinsaux, au-dessus de Longeville, ou dans la gorge de Montplonne, et ce serait vraiment de la malchance si l'on ne trouvait pas à abattre une paire de cailles ou de perdreaux, voire un lièvre.

« Décidément, la vie a du bon ! » conclut le père Adnesse, en souriant d'avance à ces délicieuses parties.

Et certes, il aurait eu tort de se plaindre, il eût été bien ingrat, car tout lui avait réussi sur terre.

Fils d'un gros marchand de bois qui lui avait laissé, à lui et à ses deux frères, une belle aisance, de quoi vivre sans travail et sans souci, il avait continué le commerce de son père, s'était avantageusement marié, et avait, en moins de quinze ans, quadruplé son patrimoine. Grand, vigoureux, bien bâti, il n'avait jamais eu besoin des ordonnances d'un médecin et ne savait même pas ce que c'était qu'une indisposition. L'obésité était le seul désagrément que l'âge lui eût apporté : près d'atteindre la soixantaine, il avait encore le jarret solide et une poigne capable d'assommer un bœuf ; ses cheveux châtains et sa barbe rousse

avaient à peine blanchi ; mais ses épaules commençaient à s'arrondir et s'épaissir, son ventre à
ballonner ; son nez bourgeonnait et ses larges
bajoues avaient la couleur de la brique.

A la moindre contrariété, pour un rien, le père
Adnesse s'emportait et jurait comme un sacre ;
nez et bajoues, toute sa trogne s'illuminait, s'em-
pourprait et se violaçait.

Chez lui, femme, fille, servante, tout lui était
soumis et tremblait devant lui ; tout le monde
redoutait ses colères et s'appliquait, s'ingéniait
à ne pas les provoquer, — à lui rendre l'existence
aussi facile et douce que possible.

Cette incessante attention, cette terrible contrainte avaient étouffé chez M^me Adnesse toute
énergie, toute initiative et personnalité. C'était une
petite femme, grêle, chétive, gauche, silencieuse,
triste, — d'une tristesse qui n'osait même pas se
montrer, qui se dissimulait sous un éternel et
navrant sourire, — l'emblème vivant de la rési-
gnation. Que de larmes elle avait dû verser,
dévorer en secret plutôt, depuis vingt-cinq ans
qu'elle vivait côte à côte avec ce furieux égoïste,
ce despote grossier, brutal et libertin, qui, pour
n'avoir pas à chercher loin, ne voulait que de
frais minois à la maison, lui débauchait toutes
ses servantes, sous ses yeux, effrontément, cyni-

quement, et la giflait, par-dessus le marché, si,
comme dans les premiers temps, elle avait l'air
de ne pas trouver la chose à son goût! Maintenant elle y était faite, elle ne se plaignait plus,
si ce n'est devant Dieu, dans l'effusion de ses fer-
ventes prières ; elle n'attendait plus que de lui
seul, de sa toute-puissante miséricorde, un sou-
lagement à ses maux, et elle ne cessait de l'implorer pour obtenir la conversion de son « aveugle
et malheureux Narcisse », de son indigne époux.
Narcisse, lui, s'en moquait pas mal, et n'avait que
de la pitié et du mépris pour toutes les môme-
ries de sa femme.

« Autant qu'elle aille traîner ses jupes à l'église
que de se pavaner dans les soirées, à la Préfecture ou ailleurs, disait-il en haussant les épaules;
ça coûte moins cher ! »

Car il était avare, — non pas de son vin et de
sa pitance : il y avait toujours bonne table et
table ouverte chez lui ; — mais de ses écus. Il
aurait abreuvé et hébergé un ami pendant un
mois, très volontiers, et ne lui aurait pas prêté
cent sous.

Comment donc avait-il pu se décider à marier
sa fille, à la doter? D'abord, s'il aimait quelqu'un
en dehors de lui, — ce qui est douteux, — c'était
son Eulalie, et il comprenait bien qu'il fallait

«faire un sacrifice pour le bonheur de son enfant »;
ensuite, le caractère d'Hubert, sa cordialité, son
sans-façon, ses allures de bon vivant, ses goûts
et ses habitudes qui se rapprochaient beaucoup
des siens, lui avaient plu d'emblée; et puis Hubert
n'était pas sans fortune, loin de là! Du chef de
son père, il lui était revenu tant; il toucherait
tant à la mort de sa mère. « Que diable! c'est gentil, cela! Il y a peu de garçons dans sa position,
et puisqu'il faut établir Eulalie!...» Enfin, cette
dot, il l'avait promise, c'est vrai ; mais il ne s'était
pas engagé à la payer en espèces sonnantes; il
avait des *journaux* de vignes et des hectares de
bois dont il ne savait que faire ; sa ferme de Til-
lonval lui coûtait les yeux de la tête; ce serait le
cas d'utiliser tout cela, de s'en débarrasser à
l'amiable, et avec Hubert on s'entendrait toujours.

Pour le moment, ce n'était pas à ce mariage,
si prochain qu'il fût, que songeait M. Adnesse,
c'était à sa tendue, dont il venait de visiter les
emplacements, — et à Régine Garnerot, qu'il
avait rencontrée le matin même dans la rue du
Jard et tenté d'aborder: « Eh bien, chère madame,
vous voilà donc dans *nos pays* ? » et qui lui avait
vilainement tourné le dos.

Déjà les années précédentes, il l'avait reluquée,

convoitée, avait rôdé autour d'elle et s'était
efforcé d'attirer sur lui son attention et ses bonnes grâces, et elle n'avait rien voulu écouter, elle
avait éludé ou dédaigné toutes ses avances. Il
était décidé à recommencer le siège, à pousser de
nouveau sa pointe et avec plus de vigueur, plus
de dextérité qu'auparavant; il s'était mis en tête
de réussir cette fois, à tout prix. Quelle différence
entre cette belle fille à la peau satinée et fleurant
bon, cette courtisane si soigneuse de son corps,
uniquement occupée de toilettes et de parures,
savante en coquetteries, experte au jeu de l'a-
mour, — et qui avait à ses yeux l'imposant et
affriolant prestige de la Parisienne, — et toutes
les maritornes et les gotons qui se succédaient,
puant l'eau grasse et le patchouli, salement, igno-
minieusement et uniformément, sur la liste de
ses conquêtes! Jamais il n'avait eu occasion de
traquer une aussi riche proie; il fallait donc profiter de la circonstance, des quelques semaines
que Régine devait séjourner à Bar, se hâter, se
trémousser, faire feu des quatre pieds, atteindre
au plus tôt ce gibier de roi et s'en saisir coûte que
coûte.

Ainsi raisonnait et grommelait le père Adnesse
en suivant la tranchée qui part du bois de la
Vierge et l'agreste chemin des Roches, à l'extré-

mité duquel se déroule et serpente en déclive la rue de Pilviteuil.

La nuit commençait à tomber et une brume grisâtre flottait au-dessus de la Ville-Basse, sur la vallée de Naives et les gracieuses chaînes de collines et les mamelons qui font face au plateau des Roches.

Soudain M. Adnesse s'arrêta et, se frappant le front : « Tiens, mais c'est une idée! murmura-t-il. Je vais entrer chez Garnerot et je lui commanderai les deux cents raquettes qui me manquent pour parfaire mon chiffre de mille. C'est l'heure du souper, Régine sera là... Elle prend ses repas chez son oncle... Allons-y ! Hop! »

Il pressa le pas, traversa le carrefour du Jard, et, arrivé rue de Naga, pénétra dans un corridor humide, malpropre, n'ayant plus pour dalles que quelques briques éparses çà et là, tout défoncé, boueux et raboteux, un vrai casse-cou, qui conduisait à une sorte de cour ou de jardin. Le logement de Garnerot, composé d'un ancien sous-sol ou *boutique* de tisserand et d'une grande chambre située au-dessus, se trouvait dans un coin de cette cour, à droite.

Par le vitrage de la porte basse qui donnait accès dans la boutique, M. Adnesse aperçut toute la famille réunie autour de la table et en train de souper, ainsi qu'il l'avait présumé.

Le souper, en Lorraine, c'est le repas du soir, celui où l'on mange la soupe, généralement suivie d'une tranche de viande chaude ou froide, d'une salade et d'un morceau de fromage. Les Lorrains pur sang, dans les campagnes principalement, où les usages des provinces limitrophes et de Paris mettent plus de temps à s'infiltrer, commencent par la salade, pour s'ouvrir l'appétit. Mais Garnerot, le *Pied dégagé*, quoique enfoui dans un tanière et vêtu et velu comme un ours, était un raffiné, en fait de nourriture, une fine gueule, et les coutumes de ses pères ne lui importaient aucunement.

Ce soir-là, après avoir fait fête à une superbe matelote, il s'appliquait à découper une oie juteuse et dorée, lorsque M. Adnesse interrompit cette solennelle opération.

— Bonsoir, Garnerot ! Mesdames, je vous salue bien !

— Ah ! m'sieu Adnesse !...

Mais comme Moricaud venait de s'élancer, furieux, et grognait sans relâche, montrant une double rangée de crocs peu rassurants :

— Ouste, cagne ! Allez coucher ! Ouste donc ! cria Garnerot, en allongeant un coup de pied à l'animal. M'sieu Adnesse, reprit-il, j'ai bien l'honneur...

— Ne vous dérangez pas, dit le père Adnesse, en voyant que tout le monde se levait.

Et il alla quérir lui-même une chaise et s'assit.

Le fait est que Garnerot n'aimait pas à être dérangé quand il était à table, et si le visiteur, le gêneur, n'eût pas été « un monsieur », il ne se serait pas privé de lui témoigner son mécontentement.

— Gageons que c'est pour votre tendue que vous venez ? s'exclama-t-il.

— En effet.

— Là ! Pardi ! Il n'y a encore que le *Pied dégagé* pour savoir torcher une raquette un peu proprement, pas vrai ?

— Heu ! Heu !

— A preuve que tous les tendeurs sont à mes trousses en ce moment et ne me laissent pas de répit. Depuis trois semaines c'est une procession ici. Je ne m'en plains pas, m'sieu Adnesse, je ne m'en plains pas ! Faut vivre ! Et vos sentiers, sont-ils bêchés ?

— Edme Gisquin, le fils du garde, s'est chargé de la corvée.

— Ah ! malheur ! Vous ne serez jamais prêt

pour l'ouverture avec ce rossard-là ! Je le con-
nias ! Un *feignant*, un propre à rien, — comme
son père ! C'est crapule et compagnie ! Ainsi, si
je vous disais, m'sieu Adnesse, reprit Garnerot
d'un ton confidentiel, — vous m'croirez si vous
voulez ! Eh bien, j'ai la preuve que ces deux
*malabres*-là filent au bois dès patron minette
pour faire vos *tournées*, à vous et à d'autres ; et,
quand vous arrivez, bernique ! tout est raflé,
vous ne trouvez même pas une plume de reste !

— Gisquin est votre bête noire...

— Je vous jure, m'sieu Adnesse !... Comment,
parce qu'il m'a flanqué deux ou trois procès ?
C'est son métier, à c't homme ! Je m'étais mis en
contravention, c'était d'ma faute, tant pis pour
moi ! Je ne lui en veux pas, pas le moins du
monde ! aussi vrai que je me nomme Garnerot !
Si je vous parle de ça, c'est dans votre intérêt,
pour votre gouverne : moi, qué qu'ça m'fait ?
Mais à votre place... si j'étais que d'vous... Les
Gisquin, voyez-vous, c'est de la fripouille, au
respect que je vous dois, c'est de la racaille !
Méfiez-vous, m'sieu Adnesse, ouvrez l'œil, je ne
vous dis qu'ça !...

Et, comme conclusion, en guise de point
d'orgue, Garnerot frappa un coup sec sur la
table, avec le manche de son couteau. Puis :

— Alors vous avez besoin de raquettes, rien de plus ? demanda-t-il.

M. Adnesse, qui s'était placé entre l'oncle et la nièce, un peu en arrière, ne prêtait qu'une médiocre attention aux discours de Garnerot et se délectait à contempler la svelte taille de Régine, ses opulentes épaules, les épaisses torsades de son chignon, son cou blanc et potelé, — à dévorer du regard tous les charmes et les merveilles qui s'épanouissaient devant lui, à la lueur d'une mauvaise chandelle qui grésillait au milieu de la table, et d'une lampe à bec, une *âme damnée*, suspendue sous le vaste manteau de la cheminée.

— De raquettes, voilà tout, se décida-t-il à répondre. Il m'en faudrait deux cents.

— Entendu ! Vous aurez ça avant la fin du mois. Vous pouvez dormir sur vos deux oreilles, m'sieu Adnesse.

— Et... combien me prendrez-vous ? ajouta prudemment le vieux ladre.

— Mais... le prix ordinaire, huit francs le cent. C'est pas une somme, comme vous voyez !

— Huit francs ? Vous n'y pensez pas, Garnerot ! Vous voulez m'écorcher tout vif ! Jamais, au grand jamais, je n'ai payé ce prix-là ! Rappelez-vous donc ! Vous-même, il y a deux ans,

vous ne m’avez demandé que six francs, et aujourd’hui...

— Il y a deux ans, m’sieu Adnesse !

— Eh bien ?

— Eh bien, à c’t’heure, vous ne trouverez
personne, — personne, m’sieu Adnesse, je vous
en défie ! — pour vous confectionner des raquettes à moins de huit francs. Essayez voir !
Allez en commander au père Pelletier, ou à Lé-
chaudel, ou au grand Patris, ou aux Gisquin
eux-mêmes, tenez ! Oui, interrogez-les un peu,
les Gisquin, et, foi de *Pied dégagé* , je veux être
pendu s’ils vous en fabriquent à meilleur compte.
Voyons, m’sieu Adnesse, vous me connaissez cependant bien : est-ce que je m’amuserais à vous
surfaire, dites, sérieusement ? Vous savez bien
que non, n’est-ce pas?

Ils continuèrent à batailler quelque temps, puis
l’insistance et l’astuce de Garnerot finirent par
vaincre la lésinerie de M. Adnesse, qui, tout en
rechignant, moitié figue, moitié raisin, accepta
telles quelles les conditions du marché.

Le père Adnesse était un bourgeois trop cossu,
un trop grand personnage, pour qu’un sans le sou
comme Garnerot osât l’inviter à partager son repas, si appétissant et copieux qu’il fût. Néanmoins, comme le vieux richard ne s’était pas fait

prier pour s'asseoir et comme sa visite se prolongeait, Garnerot s'enhardit et jugea convenable de
lui demander « s'il n'accepterait pas bien un verre
de vin ».

— Ça ne vaut pas votre pineau, m'sieu Adnesse, pour sûr! Vous m'en avez fait goûter une
fois, je me souviens... un jour que je vous ap-
portais une friture de loches... Ah! quelle
crème! un velours!... Le mien n'est que de la
piquette, en comparaison, de la gnognotte. Que
voulez-vous? Les pauvres gens font comme ils
peuvent! Mais c'est de tout cœur, m'sieu Adnesse, de tout cœur!

Aussitôt, Lisa, la femme de Garnerot, habituée
à obéir au doigt et à l'œil à son seigneur et maître,
courut à la *pierre à eau*, rinça un verre sous le
robin de la pompe, et vint le déposer, dûment
essuyé, sur la table, devant M. Adnesse.

Celui-ci, bien qu'un peu gêné par cette familiarité, ne songeait pas à s'y dérober; il s'en féli-
citait, au contraire, s'en réjouissait, comme d'un
moyen de retarder son départ et de faire plus
ample connaissance avec sa charmante voisine.

— A votre bonne santé, m'sieu Adnesse! clama
Garnerot, en levant son verre.

Et l'on trinqua en chœur.

Le père Adnesse profita de l'incident pour rap-

procher sa chaise de celle de Régine, et bientôt
la jeune femme sentit un genou se frôler contre
son genou, un pied s'agiter sous la table et
chercher le sien. Elle esquiva comme elle put ces
attaques importunes, et, afin de se donner une
contenance, se tourna vers son fils et se mit à
causer à voix basse avec lui.

Pendant ce temps, Garnerot avait repris la conversation et questionnait son hôte au sujet de la
vente d'un petit bois, situé sur le finage de Véel,
et dont M. Adnesse était propriétaire.

— Qui donc a pu vous dire?... Mais je n'ai
aucune envie de m'en défaire, de ce bois...

— Il m'avait bien semblé pourtant, la semaine
dernière, comme je revenais de Véel, apercevoir
un écriteau cloué à un arbre : *A vendre, s'adresser à l'étude de M* Tabourin...* Je n'ai pas rêvé
ça, coquin de sort!

— Vous vous serez trompé de limites; ce n'est
pas dans mon bois, c'est dans celui de Watrin
ou de Collardelle que vous aurez vu cet écriteau.

— Faut croire, m'sieu Adnesse, puisque vous
le dites! Vous le savez mieux que personne, si
votre bois est à vendre ou non. Pas vrai? Eh!
Eh!... N'empêche que je m'étais bien figuré que
c'était le vôtre. A preuve que j'avais déjà combiné
mes plans !

— Vos plans?

— Oui, pour l'acheter. Nous nous serions arrangés pour vous donner tant par mois..... Ç'aurait rudement fait mon affaire, ou plutôt celle de ma nièce, ici présente. J'ai acquis en son nom, voilà deux ans, vous vous souvenez, le bois Forgeot qui se trouve comme enclavé dans le vôtre ; et alors, si ça n'avait pas été trop au-dessus de nos petits moyens... Vous saisissez? Nous aurions tâché de réunir le tout... Ma nièce aurait bien désiré... N'est-ce pas, Régine?

— Sans doute, mon oncle; mais puisque ce bois n'est pas à vendre ?...

— Nous serions allés jusqu'à cinq cents francs, poursuivit Garnerot, sans s'inquiéter de l'objection, — deux cents écus même, m'sieu Adnesse!

— Pas dégoûté! Un bois que j'ai payé douze cents francs, qui n'a pas été coupé depuis...

— Douze cents francs, dans le temps, m'sieu Adnesse, oui, ça valait cela, c'est possible, mais aujourd'hui...

— Aujourd'hui j'en trouverai deux mille quand je voudrai... C'est comme pour les raquettes, Garnerot; tout a renchéri...

— Oh ! m'sieu Adnesse !

— Deux mille, certainement, et au bas mot

encore ! Et puis je ne songe pas à le vendre, je vous le répète.

— Oui, voilà ! Ça, ça coupe court à tout ! Allons, mettons que je n'ai rien dit ! soupira Garnerot. Deux mille francs ! oùsque nous dénicherions jamais un aussi gros magot, *nomme* donc, Régine? Pas mèche !

Après avoir embrassé le petit Étienne qui s'endormait sur sa chaise, appelé Chiffonnette, occupée à ronger des os dans un coin, en tête à tête avec maître Moricaud, qui se prêtait d'assez bonne grâce aux exigences et aux boutades de cette mignonne compagne, Régine s'était levée, avait souhaité la bonne nuit à son oncle et à sa tante et salué M. Adnesse. Celui-ci, trop galant chevalier pour la laisser partir seule, prit aussitôt congé des Garnerot et s'apprêta à la suivre.

— Restez, monsieur, je vous en prie! J'habite à côté...

Mais il ne voulut rien entendre :

— Comment donc, madame! Mais je serais désolé!... J'allais m'en aller, d'ailleurs; vous m'avez devancé...

Ils sortirent, escortés de Garnerot, qui, tenant haut sa chandelle, et, de l'autre main, s'appliquant à abriter la flamme contre l'air, se posta sur le seuil de la *boutique* et attendit, pour rentrer, qu'ils eussent traversé la cour et atteint le corridor.

Comme ils s'engageaient dans cet obscur et sordide couloir, le père Adnesse trébucha contre une des aspérités du sol et faillit choir de tout son long.

— Prenez ma main, monsieur, je vous guiderai, dit Régine.

Au contact de cette tiède petite menotte, si douce, si délicate, le vieux paillard sentit courir dans ses veines un lubrique frisson. Les battements de son cœur redoublèrent, son gosier se contracta et se sécha subitement, tout son sang s'alluma. L'obscurité, la brièveté de l'occasion, tout le poussait, l'excitait, l'affolait... Il saisit Régine à pleins bras, par derrière, palpant de ses gros doigts lascifs les fermes rondeurs des seins, et l'embrassa au hasard, sur le cou, dans les cheveux, sur les joues, précipitamment, goulûment.

— C'est pour vous que je suis venu... pour toi... râlait-il. Tu le sais bien... Je t'aime !...

Effrayée, interdite tout d'abord, Régine commença à se débattre, se dégagea, et, en deux bonds, franchit le corridor et sauta dans la rue.

— Vous n'êtes pas gêné ! En voilà un !... Ça vous prend souvent, ces maladies-là ?

— Ecoutez... je vous en prie... madame !
Non !... Attendez !...

Et il tenta de s'agriffer à elle de nouveau et
de la retenir.

— Chez vous?... je vous accompagnerai...
Voulez-vous?... Il faut que je vous parle !
Régine!... Je vous en supplie !

— Oh! assez comme ça pour une fois ! Allons,
bas les pattes ! Hop !

D'un coup brusque, elle lui fit lâcher prise,
puis tourna les talons aussitôt et s'enfuit vers sa
demeure.

— Bonsoir, monsieur !... lança-t-elle de sa
voix la plus flûtée, en fermant la porte.

## VII

Tandis que le père Adnesse s'en revenait tout
penaud et furieux, Hubert Vauquois montait la
rue des Ducs et s'acheminait paisiblement vers
son rendez-vous habituel. Ils se croisèrent au
sommet de la rue, devant le pâquis. Hubert, qui
avait maintes bonnes raisons pour ne pas vouloir être accosté, et par son futur beau-père
surtout, doubla le pas et, au lieu de continuer sa
route en droiture, se faufila à travers les arbres
du pâquis. Bien lui en prit, car M. Adnesse, dans
les dispositions où il se trouvait, n'aurait pas
manqué de déverser sur lui sa colère. Il l'avait
reconnu ou avait cru le reconnaître, à la clarté
d'un bec de gaz ; il s'était retourné et avait pensé
à le rejoindre, mais trop tard.

« Décidément, ce bougre-là... c'est bien lui,
je n'ai pas la berlue ! S'il m'évite... c'est chez

elle qu'il va, parbleu! Tous les soirs alors?...
Sans démarrer! Et moi pendant ce temps!... Cré
nom de Dieu! »

Et l'idée, une idée folle, lui vint, celle de
rebrousser chemin et d'aller heurter et caril-
lonner à la porte de Régine, faire là-bas un
sabbat de tous les diables.

C'était son gendre, après tout, son gendre présomptif; il avait bien le droit de le surveiller, de
le protéger, d'empêcher qu'il ne s'affichât et se
galvaudât chez des filles!

Mais Régine? Qu'arriverait-il? Elle était libre
de recevoir qui bon lui semblait, elle saurait bien
le lui dire et l'envoyer promener. Ce n'était pas
par des menaces et des esclandres qu'il parvien-
drait à se faire agréer. Jamais elle ne lui par-
donnerait un tel outrage. Et alors, la belle
avance!...

Il ne voyait que lui et que sa passion, ses
ardentes et lancinantes convoitises, entièrement
dominé qu'il était et détraqué par cette terrible
toquade de vieillard.

La conduite d'Hubert? Sans doute elle laissait
à désirer; il eût été préférable qu'à la veille de
se marier il rompît avec sa vie de garçon et res-
pectât mieux les convenances; mais — il pouvait
se rendre cette justice, le vieux coureur, — il

s'en serait bien moins inquiété et formalisé s'il n'avait pas rencontré son futur gendre sur ses propres brisées, découvert en lui un rival, et un rival heureux.

Ce qu'il avait donc de mieux à faire, pour l'instant, c'était de regagner son logis et de se tenir coi. Et le lendemain et les jours suivants, malgré l'envie qu'il avait d'apostropher Hubert et de lui chercher noise, il s'efforça de ne lui témoigner aucune jalousie, aucune mauvaise humeur, et de l'accueillir aussi amicalement et familièrement qu'auparavant.

Hubert, à qui sa maîtresse avait conté la scène du couloir, et qui était pleinement édifié sur les visées du bonhomme, devinait cette contrainte, et, tout en riant sous cape, ne laissait pas d'être gêné, lui aussi, et de trouver la coïncidence fâcheuse.

« A son âge, penser encore à la bagatelle ! N'avoir pas plus de dignité !... Au moins aurait-il dû choisir ailleurs, que diantre ! »

C'était la première fois qu'il se montrait aussi sévère à l'égard de M. Adnesse et de ses fredaines d'arrière-saison ; jusqu'alors, malgré ses projets d'alliance, il ne s'en était guère préoccupé, sinon pour y prendre part ou en gloser avec lui, et rien n'avait troublé la touchante sympathie qu'ils éprouvaient l'un pour l'autre, la sereine entente qui régnait entre eux, dans leurs goûts de parties fines, de chasse et de buveries, dans leurs habitudes et leurs mœurs.

Hubert ne se le dissimulait pas : ce nuage qui venait d'apparaître dans leur ciel placide, ce point noir qu'ils se cachaient l'un à l'autre et affectaient d'ignorer, était le germe, l'avant-coureur d'un orage dont les conséquences probables méritaient d'être soigneusement envisagées et méditées dès à présent. « Ça se gâtera ! Du train que nous y allons, il n'en peut être autrement ! Ah ça ! voyons, si je lâchais Régine ? Hein ? Ce serait le plus simple ! » ruminait-il.

Malheureusement, cette excellente résolution n'était pas si facile à exécuter qu'à concevoir. Hubert n'avait ni assez d'amour pour Eulalie Adnesse, ni assez d'empire sur lui-même et d'énergie, et il était trop bien habitué et acoquiné à Régine, — une maîtresse de huit ans bientôt, — pour la « lâcher » ainsi de but en blanc.

« Si elle était installée ici, à demeure, si je me montrais à son bras, si je me ruinais avec elle, je comprendrais ! Mais pour quelques jours ! Avant un mois elle aura regagné Paris, et ce vieux fou en aura fait son deuil ! Pourvu que je ne commette pas d'imprudences, que je cache mon jeu, c'est tout ce qu'il faut ! »

C'est à ce parti, moins sage mais plus commode que le précédent, qu'Hubert s'arrêta. Il retarda l'heure de ses rendez-vous ; il prit des chemins détournés et usa de stratagèmes de toutes sortes pour se rendre chez Régine. Il arrivait au milieu de la nuit, tantôt vêtu d'une blouse, comme un ouvrier ou un paysan ; tantôt drapé dans un vieux caban à capuchon, un chapeau de feutre mou rabattu sur les yeux, les mollets sanglés dans des guêtres de toile, semblable à un bandit d'opéra comique, et apportant sous la semelle de ses bottines une épaisse carapace de terre glaise et de boue récoltée dans les vignes, les champs et les fondrières qu'il avait traversés.

En le voyant ainsi accoutré et accommodé, Régine s'esclaffait de rire et faisait pleuvoir sur lui une grêle de plaisanteries et d'ironiques doléances.

— Comment, c'est toi, mon pauvre chien ? Voilà où tu en es réduit ! Et tout ça pour ne pas effaroucher la pudeur de nos concitoyens ! Ah ! délicieux !... Laisse-moi me tordre !... Et puis, à cause de ton mariage, hein ? Avoue-le ! Tu l'aimes, tu y tiens, à cette petite ? Ah tais-toi,

6

mon cœur!... Le fait est que si elle venait à
savoir... Ah! mes amis! Quelle catastrophe!
« Tout est rompu, mon gendre! Allez! Filez! A
la porte! » Aussi pourquoi t'aviser de prendre
femme, là, je te le demande?

— Ah certes! si j'habitais encore Paris!...

— Tu n'aurais pas besoin de tous ces déguise-
ments et ces précautions, hein? Là-bas on peut
se voir sans crainte, sortir ensemble, en plein
jour, bras dessus bras dessous... Ni vu ni connu!

— Ah! c'était le bon temps!

Quant au père Adnesse, malgré son échec, il
n'avait pas tardé à tenter de nouveau l'aventure.
Sous prétexte de s'informer si ses raquettes
avançaient, il était retourné chez Garnerot,
quelques jours après sa première visite et à la
même heure, afin de rencontrer Régine. Celle-ci
était présente, en effet, et achevait de souper,
comme précédemment, en compagnie de son
intéressante famille. Mais la joie du vieux barbon
fut de courte durée : à peine s'était-il assis et
avait-il gratifié Régine d'un banal compliment et
d'un coup de genou plus significatif, que la
cruelle se leva et prit congé de tout son monde.

— Quoi! déjà, madame? C'est donc moi qui
vous fais fuir?

— Oh! monsieur! ne croyez pas!...

Non, elle se sentait fatiguée, voilà tout, et elle se préparait à se retirer lorsqu'il était arrivé.

Le père Adnesse grillait d'envie de sortir avec elle et de profiter encore tant bien que mal de l'obscurité du couloir; mais qu'auraient pensé les Garnerot de ce brusque départ? C'eût été leur montrer trop clairement qu'on ne venait pas pour eux ni pour les raquettes, mais pour les beaux yeux de Régine, uniquement; et, si libre de préjugés qu'il fût, le *Pied dégagé* n'aurait sans doute pas manqué de trouver le procédé aussi offensant pour lui — oser prendre sa maison pour lieu de rendez-vous! — que peu digne d'un homme comme M. Adnesse, bien posé dans le pays, envié et considéré de tout chacun. A moins qu'il ne lui en eût voulu de ne pas l'avoir mis dans la confidence, et de prétendre se passer de lui pour courtiser sa nièce, — faire fi de son consentement et de ses bons offices : question bien délicate et que Garnerot seul aurait pu résoudre.

Régine partie, M. Adnesse n'avait plus de raison pour prolonger sa visite. Les raquettes allaient bon train, lui avait assuré Garnerot; il n'avait pas à s'inquiéter, elles lui seraient livrées avant l'ouverture de la chasse, le trente au soir, sans faute.

— Avec les piquets et les clefs, n'est-ce pas ? Toutes prêtes à être posées et tendues ?

— Oui, m'sieu Adnesse, et je vous les tendrai encore, si vous voulez !

— Très volontiers ! Parfait ! Allons, bonsoir, Garnerot ! Je compte sur vous !

Et il se dirigea vers la porte.

— A propos, reprit soudain le maître braconnier, j'ai traversé votre bois de Véel hier, j'étais justement avec not' Régine... Nous avons suivi la grande tranchée tout du long... Eh bien, l'écriteau, vous vous rappelez ? C'est bien dans le bois Collardelle qu'il se trouve, vous ne vous étiez pas trompé. Qué malheur, tout de même, que ce ne soit pas dans le vôtre, m'sieu Adnesse ! Nous ne l'aurions pas ratée, allez, l'occasion ! On se serait saigné aux quatre membres pour payer.... Régine ne cessait de me le répéter... Elle n'avait jamais aussi bien remarqué la disposition du terrain... « Ah ! ce serait joliment avantageux ! Ça nous irait comme un gant ! Vois, mon oncle, qu'elle me disait comme ça, il n'y aurait qu'à prolonger le sentier : on irait droit à la maisonnette. Et puis, ça nous permettrait d'avoir une sortie sur la plaine de Combles, par

d'errière... Si m'sieu Adnesse consentait... Pour
ce qu'il en fait, de son bois!... »

— Ce que j'en fais ? Mais j'y tiens autant que
vous, à ces avantages! Je n'ai pas besoin d'argent ; rien ne m'oblige à vendre ; pourquoi vou-
driez-vous?...

— Oh! je ne veux rien, m'sieu Adnesse, rien
du tout! Moi, je n'ai aucun intérêt... C'est ma
nièce! Vous n'avez pas l'intention de vendre, elle
ne l'ignore pas, elle vous a entendu l'autre
soir... Mais, comme elle me disait encore : « On
ne sait pas ce qui peut arriver, les idées chan-
gent; m'sieu Adnesse se ravisera peut-être, un
jour ou l'autre. Alors parle-lui, mon oncle,
tâche qu'il nous donne la préférence! »

— Eh bien, c'est cela, ce jour-là vous serez le
premier averti, je vous le promets, répliqua le
père Adnesse, qui avait hâte d'en finir.

Il sortit, et, au moment de s'engager dans la
rue du Jard, il s'arrêta et jeta un coup d'œil sur
la demeure de Régine.

« Si j'étais sûr d'être reçu? » se dit-il.

Il ne lui avait pas fallu beaucoup de temps ni
grand effort d'imagination pour comprendre
tout le parti qu'il pouvait tirer de l'insidieux
bavardage de Garnerot. Puisque l'oncle n'était
que le prête-nom et le truchement de sa nièce,

pourquoi ne pas traiter avec celle-ci directement
et s'introduire chez elle, à l'aide de ce motif si
plausible, si légitime ?

Dans son impatience, il faillit mettre ce projet
à exécution sur-le-champ ; mais aucune lumière
ne brillait aux fenêtres de la maison : fatiguée et
souffrante, ainsi qu'elle l'avait déclaré, la jeune
femme reposait sans doute, et il eût été aussi
inconvenant qu'inutile de la déranger.

« Non, pas ce soir ! Du calme ! Un peu de
raison ! Attendons jusqu'à demain ! »

Ce qu'il lui dirait, quelles propositions il lui
soumettrait au sujet de ce bois qu'elle paraissait
tant désirer, il ne le savait pas au juste. L'important pour lui était de pénétrer dans la place.

Mais, si confuses que fussent ses intentions, un
point était dès à présent déterminé, invariable-
ment arrêté : il ne transigerait pas, il ne se lais-
serait pas enjôler, ah ! mais non, pas exemple !
**Pas** de bêtises ! Si M^lle Garnerot persistait à
vouloir le bois de Véel, elle l'achèterait, toute
charmante et appétissante qu'elle était, elle le
paierait, et non pas en monnaie de singe, avec
de gentils petits sourires et de bons gros baisers,
mais en espèces sonnantes et rondelettes, en
beaux écus luisants, ayant cours sur le marché,
pouvant s'empiler dans les tiroirs du secrétaire,

et si doux à contempler, si réjouissants à palper. Et qu'elle ne s'imagine pas non plus faire cette acquisition à vil prix, moyennant quelques centaines de francs! Pas de ça, Lisette! Le bois, acheté jadis douze cents francs, en valait deux mille aujourd'hui: il serait bon prince, il ne réclamerait aucun bénéfice, mais il récupérerait ce qu'il avait déboursé, il n'en serait pas de sa poche, encore plutôt! C'était déjà bien joli de sa part de céder une propriété qui était tout à sa convenance, dont il n'avait jamais songé à se dessaisir, — et cela uniquement pour complaire à quelqu'un. Il est vrai que ce quelqu'un était une superbe fille, bien en chair, potelée, à la taille fine, l'œil ardent et langoureux, plein d'enivrantes promesses, et qu'un tel trésor valait bien quelques sacrifices. Mais n'importe! s'il pouvait ne pas vendre!

Le lendemain, dans l'après-midi, après sa sieste habituelle, il changea de costume, mit du linge blanc, un pantalon gris perle, des bottines vernies, une jaquette de drap pointillé, s'attifa et se rajeunit de son mieux, et, coiffé d'un audacieux petit chapeau melon, un stick à la main, il s'achemina vers la rue de Naga.

Un des côtés de la longue place Saint-Pierre était tout ensoleillé; les vitraux de la vieille

église et sa toiture d'ardoise miroitaient, et son
coq, haut perché dans le ciel bleu, restait fixe-
ment tourné au beau. A ce moment de la journée
et par cette chaude température, les passants
étaient rares; çà et là, assises par groupes devant
leurs portes, à l'ombre, des femmes d'ouvriers,
court-vêtues et débraillées, travaillaient à des
camisoles de coton ou piquaient des corsets (deux
des principales industries de l'endroit); d'autres,
des bobineuses, avaient transporté leurs rouets
sous les arbres du pâquis, et, tout en dévidant
leurs écheveaux, surveillaient la marmaille qui
se roulait sur l'herbe ou dormait dans des bannes
d'osier.

— Tiens! v'là le gros m'sieu Adnesse, de la
place Saint-Pierre! Voyez donc! Voyez donc!
Est-il assez faraud! Fait-il assez son mirliflore!

— Un vieux comme ça, qui se donne des airs
de jeune homme! Oh! là là!

— Il n'a donc pas peur d'attraper une at-
taque? Le soleil lui tape en plein sur la bous-
sole!...

— Comme il trotte! Mais voyez donc! Ah! le
vieux matou! Gageons qu'il va chez la nièce au
*Pied dégagé!* Ugène, mon *fi*, avance-toi au
milieu de la rue et regarde bien où entre le
monsieur!

Pendant que « le monsieur » continuait son chemin et que les commères attendaient le retour d' « Ugène », Régine, étendue sur son canapé, dans son arrière-pièce, écoutait les doux propos et les serments d'éternel amour que lui roucoulait son jeune adorateur, Christian d'Autry. Agenouillé tout contre elle, il s'était emparé d'une de ses mains qu'il pressait tendrement ou portait à ses lèvres ; de l'autre, elle caressait ses fraîches joues d'adolescent ou jouait avec ses blonds cheveux bouclés.

— Je suis si heureux quand je suis près de vous, si heureux ! s'exclamait-il. Ah ! je ne savais pas ce que c'était que le bonheur, ce que c'était que la vie avant de vous connaître ! Que vous êtes belle !... J'aime tant vos beaux grands yeux noirs surtout, vos bons yeux si doux, si câlins, et si ouverts, si francs ! Et cette chère petite main !...

Et il l'embrassait sur les paupières, couvrait de baisers ses ongles roses et ses doigts effilés.

Elle le repoussait gentiment, avec des minauderies où perçaient un semblant de dignité et une indulgence quasi maternelle.

— Enfant ! Grand enfant !

Soudain un coup de sonnette retentit.

— Vous allez ouvrir ? demanda Christian effaré,

comme Régine se dirigeait vers la porte. Non, je vous en prie !...

— Chut ! Je vais voir...

— Je me sauverai par le jardin, n'est-ce pas ?

— Mais non, attendez !

Elle passa dans la chambre de devant, s'approcha de la fenêtre, et, à travers les fentes des volets, aperçut la trogne rubiconde du père Adnesse. Tout en épongeant la sueur de son front, il mordillait ses moustaches et tournait anxieusement la tête à droite et à gauche. Si quelqu'un l'avait suivi ? Si on le voyait posté devant cette maison, entrer là, chez cette fille, en plein jour ?... Que de cancans !

Il tira de nouveau et avec une fébrile impatience le bouton de la sonnette.

— Hâte-toi donc, nom d'un chien ! grommelait-il.

— Oui, va, sonne, mon bonhomme ! A ta guise, tant que tu voudras ! se dit Régine.

Et elle alla rejoindre Christian.

— C'est un fournisseur, lui annonça-t-elle ; inutile de nous déranger : il en sera quitte pour revenir.

Le père Adnesse jouait vraiment de malheur. C'était bien la peine d'avoir fait des frais de toilette, de s'être mis en nage et avoir risqué une

insolation, bien la peine de s'exposer à rencontrer
des indiscrets et à faire jaser sur son compte ! On
en disait déjà bien assez ! « Pas de veine ! Oh !
non, pas de veine ! » maugréait-il.

Quant à supposer que Régine était chez elle,
qu'elle avait trouvé moyen de l'épier et n'avait
pas daigné le recevoir, il ne s'en avisait certes
pas. Elle était absente, simplement, et le hasard
seul était cause de cette déconvenue.

Les bobineuses, qui l'avaient vu passer un moment auparavant, et s'étaient raillées de ses juvé-
niles prétentions et de ses allures de conquérant,
ne furent pas peu surprises de le voir sitôt re-
paraître. Elles le croyaient là-haut, chez la Parisienne, en train de lui prouver sa flamme.

— Comment, déjà ? Il a donc fait fiasco, le
pauv' vieux !

— Ma foi ! Quand la Garnerotte est ici, c'est
pour son plaisir, *nomme* donc ! Et je vous demande un peu, un gros patapouf comme ça, si
c'est ragoûtant !

— Et ce nigaudinos d'Ugène qui nous avait
dit... Oh ! le petit serin ! la *pute* bête ! Je ne te
donnerai plus de commissions, mon fi !

Heureusement que ces charitables commentaires n'arrivaient pas aux oreilles du père Adnesse :
il fallait peu de chose pour provoquer sa colère,

et l'insuccès de sa démarche ne l'avait déjà que trop vexé et courroucé.

De retour chez lui, il donna pleine carrière à sa bilieuse humeur, traita sa femme de « foutue bourrique », parce qu'elle lisait un livre de prières, et comme Eulalie essayait de s'interposer, vlan ! une claque. « Mêle-toi donc de ce qui te regarde, grande dinde ! Suis-je le maître ici, oui ou non ? Tas de pécores ! » Puis ce fut le tour de la servante.

A table, il ne trouva rien de bon : le potage était froid ; on n'avait pas fait rafraîchir le vin ; il n'aimait pas les oignons et on avait la manie d'en fourrer dans tous les plats, exprès pour l'embêter, pardi ! pour l'exaspérer ! Ah ! les sacrées femelles !

Le soir, M^{me} Vauquois et son fils vinrent rendre visite aux Adnesse. Hubert et M. Adnesse sortirent, comme de coutume, pour fumer leurs pipes et se joignirent à Collongin et à quelques autres habitants du voisinage qui vaguaient en bande sur la place Saint-Pierre. On causa de choses et d'autres, des vendanges prochaines et du piètre état des vignes, de l'ouverture de la chasse et du peu de gibier qu'il y avait maintenant dans le pays.

— Vous rappelez-vous, dans le temps, hein ? A

la bonne heure! C'était un plaisir! Aujourd'hui
les maraudeurs ont tout dépeuplé! Pour tuer un
lièvre, il faut courir au diable, dans la vallée de
la Saulx ou jusqu'aux Merchines, à la lisière de
l'Argonne, et encore!

Hubert ne remarqua pas tout d'abord dans
quelles fâcheuses dispositions d'esprit se trouvait
M. Adnesse. Celui-ci, en présence de ses voisins,
s'était contenu, il avait pris peu de part à leur
entretien, et les quelques phrases qu'il avait pro-
noncées n'avaient eu rien de blessant ni de sus-
pect.

Ce n'est qu'après le départ de Collongin et des
autres promeneurs que la bombe éclata. Hubert
ayant manifesté l'intention « de faire comme eux,
d'aller se coucher », le père Adnesse haussa les
épaules et se mit à ricaner rageusement.

— Te coucher? Tais-toi donc, tiens! Te coucher? C'est à moi que tu veux faire gober ça? A
moi? Pas de taille, mon petit! Regarde-moi donc
bien en face! Veux-tu que je te dise où tu vas, —
où tu vas tous les soirs, hein?... Au moment de
te marier, d'entrer dans une famille... comme la
mienne! Tu n'as pas honte!...

— Mais à propos de quoi?...

— Oui, fais l'étonné, je te le conseille! Il ne
manquait plus que ça! Ce n'est pas à moi qu'on

monte le coup, je te le répète! Tu te conduis comme un gredin, un jean-foutre!

— Ah çà! dites donc!...

— Certainement! C'est scandaleux! Comment, lorsque je t'accueille... Lorsque ma fille. . Tonnerre! Mais on ne voit que toi rue de Naga! Mais tout le monde...

— Ceux qui m'y voient y vont aussi, monsieur Adnesse. Et moi, j'ai trente ans et je ne suis pas père de famille.

L'allusion était directe; le vieux birbe regimba aussitôt, comme cinglé par un coup de fouet, et faillit se ruer sur son rival.

— Qu'est-ce que tu chantes, galopin? Qu'est-ce que ça signifie?

— Cela signifie que je n'aime pas les disputes, riposta Hubert, et que je vous souhaite bien le bonsoir.

Et il lui tira sa révérence.

## VIII

L'avenue des Saules, qui s'étend le long d'un petit canal originaire de l'Ornain, était, il y a une vingtaine d'années, une des plus agréables promenades de Bar-le-Duc et la plus fréquentée. Aujourd'hui des constructions militaires, casernes, écuries, manège, etc., ont envahi tout un des côtés de l'avenue ; sur l'autre, au-delà du canal, des guinguettes et des cabarets se sont élevés. De saules, depuis longtemps il n'en restait plus trace ; ils avaient été étouffés et chassés un à un par des arbres de plus belle venue, ormes vigoureux, platanes à la blanche écorce, tilleuls et marronniers, qui, à leur tour, ont dû céder devant l'invasion nouvelle et laisser le champ libre au va-et vient des soldats et des chevaux. Les promeneurs ont déserté ces parages et se sont portés vers la rue de la Rochelle, vers la route de Fains et les bords du grand canal, vers le Parc surtout.

Ancien jardin du maréchal Oudinot, dont l'hôtel qui y attient sert actuellement d'hôtel de ville,
le Parc, avec ses pelouses flanquées de bannettes
de rhododendrons et de géraniums, ses massifs
d'arbustes exotiques, ses monticules plantés de
sapins, sa rotonde en ruine, son cours d'eau, ses
allées sablées et proprettes, offre l'apparence
d'un vaste square et rappelle assez bien, ainsi
qu'on ne manque pas de le faire remarquer aux
touristes parisiens, certains sites du parc Monceau.

Pendant la belle saison, aussitôt leur ménage
terminé, les mamans viennent s'y asseoir, un
livre ou un sac à ouvrage à la main, tandis que
leur progéniture dessine des arabesques sur le
gravier ou joue à cache-cache dans les bosquets.
Le soir, à la sortie de leurs bureaux, les jeunes
employés vont y fumer des cigarettes, en se con-
fiant leurs projets d'avenir, leurs chances d'avan-
cement ou leurs rêves d'amour.

Mais c'est le dimanche surtout, après vêpres,
que le Parc s'anime et se remplit. Souvent, ce
jour-là, il y a concert ; tantôt c'est la fanfare muni-
cipale, tantôt la musique militaire qui se fait
entendre, — attraction d'autant plus irrésistible
que la ville ne possède aucune troupe théâtrale à
demeure, aucun café chantant, et qu'à part ses

pittoresques alentours, sa coquette ceinture de collines verdoyantes, elle n'offre que de très rares distractions. Ces concerts, de création récente, tiennent une large place dans la vie des habitants et ont pour eux une importance capitale. On en parle et l'on s'en réjouit plusieurs jours à l'avance ; on se communique le programme.

« Sortirez-vous dimanche ? — Oh ! ma fi non ! c'est pas la peine ; il n'y aura pas musique au Parc ! — Mais je vous demande pardon, il y aura musique ! Tenez, c'est *sur* le journal. — Oh ! alors, s'il y a musique, bien sûr que oui nous sortirons ! »

C'est tout un événement.

A force d'entendre prôner les mirifiques attraits de ces auditions dominicales, Régine finit par être piquée de curiosité.

A l'époque où elle avait quitté Bar, le Parc n'était pas encore ouvert au public ; la garnison était peu nombreuse : le colonel, l'état-major, et par suite les musiciens, résidaient à Verdun.

Bien qu'elle affectât d'ordinaire une insouciance de Parisienne blasée, le plus souverain mépris pour tous ces pauvres petits divertissements de province, elle se laissa donc tenter un dimanche. Elle ne voulait pas scandaliser ses compatriotes par un luxe de toilette insolite, ni

se faire montrer au doigt ; et néanmoins, par une
sorte de contradiction, une inconséquence plus
apparente que réelle et due à l'irrégularité de sa
position, elle avait à cœur de leur prouver qu'elle
n'était pas dans la dèche, que, si elle avait trafi-
qué de ses charmes et perdu l'honneur, elle n'a-
vait pas à regretter le passé, elle avait trouvé de
sérieux chalands. Provoquer la jalousie de ces
petites bourgeoises endimanchées, leur faire envie
plus que pitié, les épater, — un peu mais pas
trop, — telle était sa secrète pensée, sa plus vive
ambition.

Elle mit une robe de faille noire, simplement
ornée de plissés au bas de la jupe, et dont le
corsage moulait à ravir ses épaules et sa taille ;
prit le plus modeste de ses chapeaux, — une
microscopique capote de dentelle noire, n'ayant
pour garniture qu'une rose rouge sang piquée
au-dessus de la ruche, sur le côté ; — pour bijoux
(c'était là l'important, là qu'il fallait du tact et
une juste mesure!) un large et massif porte-
bonheur et deux gros boutons de diamant aux
oreilles, rien de plus ; et, irréprochablement
gantée de chevreau, elle se munit de son en-tout-
cas, pour se donner un maintien, jeta un dernier
coup d'œil sur son armoire à glace, se considéra
des pieds à la tête : « Parfait ! rien ne cloche !

Et puis, mes bons amis, si vous n'êtes pas con-
tents, flûte ! »

La séance commençait lorsque Régine arriva
au Parc. Groupés en rond sur leur rustique
estrade, autour de laquelle se pressait la foule,
les musiciens du régiment de ligne essayaient
leurs cuivres et disposaient leurs partitions. Des
dames en grande toilette, des messieurs en re-
dingote et rasés de frais, se prélassaient sur des
chaises, à l'ombre, le long des allées latérales ;
d'autres erraient à petits pas, en tenant leurs
enfants par la main.

Régine avisa une chaise au pied d'un arbre,
non loin de la pelouse, et s'assit, les yeux tournés vers l'estrade. On jouait l'ouverture du *Pré
aux Clercs*. Elle écouta tranquillement, s'appliquant à être grave et digne, sans prendre garde
aux évolutions des assistants, sans paraître se
douter de la curiosité qu'elle excitait, de la ru-
meur causée par sa présence.

Ce n'est qu'à la fin du morceau qu'elle s'aperçut que les spectateurs placés derrière elle,
s'étaient levés en emportant leurs sièges ; trois
vieilles dames, assises à sa gauche et accompa-
gnées d'un petit jeune homme maigriot et souf-
freteux, ne tardèrent pas à suivre cet exemple,
et elle entendit l'une d'elles dire au pauvre gar-

çon ; « Ernest, veux-tu bien ne pas te retourner !
File devant ! »

On faisait le vide, on établissait autour d'elle
un cordon sanitaire.

Régine Garnerot n'était pas femme à s'alarmer
beaucoup de ces hostiles démonstrations. Elle en
avait vu bien d'autres à Paris, et le temps où,
rouleuse de trottoir, elle avait à braver les compliments obscènes ou les rebuffades des passants, les razzias de la police à déjouer ou à
subir, n'était pas si éloigné qu'elle en eût perdu
le souvenir.

Elle ne broncha point, elle n'eut pas même l'air
de remarquer cette mise à l'index. « Sont-ils co-
casses, tout de même ! » se disait-elle.

Elle savait d'ailleurs, et pour l'avoir maintes
fois éprouvé, que, parmi ces beaux messieurs si
gourmés, si pudibonds, qui affectaient si bien de
ne pas l'apercevoir, pas un n'hésiterait à la
suivre, si elle voulait, pas un qui ne lui sacrifiât
ses rigides principes, son altière et farouche
vertu ; — qu'elle n'avait qu'un geste à faire.
Quant à leurs compagnes, il y avait bel âge que
son opinion était formée sur leur compte ! « Ça
se cache, ça fait ses coups à la sourdine, mais
c'est pire que nous, dix fois pire ! » Et comme le
renard guignant les raisins au sommet de la

treille : « Les femmes honnêtes ! Oh ! là ! là !
quelle engeance ! Y a-t-il rien de plus puant et
de plus assommant ? Tas de chipies, va ! Pas
étonnant si leurs hommes les lâchent si volontiers ! »

De toutes parts, à la dérobée, sournoisement,
on l'observait, les uns avec des airs d'aversion
et de dégoût, les autres avec une indifférence
trop marquée pour être sincère. Entre tous ces
regards, il en était un plus tenace, plus hardi,
qu'elle finit par rencontrer, celui d'Arsène Collongin.

L'agent voyer, escorté de sa femme et de ses
deux enfants, se trouvait de l'autre côté de la pelouse, vis-à-vis de Régine, et il ne se lassait pas
de l'épier, il la mangeait des yeux.

Malgré l'attention dont elle était l'objet, Régine ne s'amusait guère ; l'idée lui vint de profiter de la circonstance pour se distraire et vérifier
en même temps, une fois de plus, ses édifiantes
théories sur la fidélité des maris.

Aux fulgurantes œillades de Collongin, elle
répondit par quelques battements de cils très
significatifs, de petits clignements d'yeux doucereux, langoureux, tout à fait encourageants ;
puis elle se leva et se dirigea lentement vers
les massifs de sapins qui dominent la pelouse

un des recoins du parc les moins fréquentés.

— Donne la menotte à ta maman, dit Collongin à l'aîné de ses enfants ; vois-tu, ta petite sœur, comme elle est sage, comme elle écoute bien la musique !

Et il se rapprocha d'un groupe qui stationnait derrière lui et au milieu duquel pérorait une des notabilités de la ville, un gros ventru à lunettes d'or, en gilet blanc, habit à queue et pantalon de nankin, ex-premier adjoint redevenu simple conseiller municipal.

— Je vous dis que de mon temps ça ne se serait pas fait ! Non, je n'aurais pas toléré cela ! s'écriait-il en secouant impérieusement la tête, tout fier, tout gonflé de son ancienne importance. Je n'avais que trois cents hommes de garnison, c'est vrai, mais je savais les maintenir, vous pouvez me rendre cette justice. Aujourd'hui vous en avez deux mille... Ah ! ce n'est pas ma faute ! J'ai assez combattu !... Ils vous font de belles retraites aux flambeaux, ils vous gratifient de promenades militaires et de revues, ils vous flanquent des concerts en veux-tu en voilà ! Oh ! c'est superbe ! Mais la médaille a son revers, mes braves ! Le nombre de vos naissances illégitimes s'est accru des deux tiers, oui, des deux tiers, j'ai fait le calcul : soixante-quatre et demi pour cent ! De mon temps, on pouvait se promener sans crainte à toute heure du jour ou de la nuit, on ne rencontrait aucune drôlesse : maintenant, essayez! Vous avez un bureau des mœurs; l'immonde prostitution s'étale comme une lèpre... Vous venez d'en voir un exemple, n'est-ce pas? Des filles de Paris, des lorettes, — le rebut de la société! — attirées par le prestige de l'uniforme, viennent jusqu'ici troubler vos fêtes, offenser les chastes regards de vos épouses, scandaliser... Tenez, ce n'est pas monsieur le voyer Collongin qui me démentira, j'en suis persuadé!

M. le voyer Collongin, qui mâchonnait un cigare d'un sou, opina prudemment du bonnet; puis il se faufila dans un autre groupe, contourna l'estrade des musiciens, et gagna le bosquet de sapins où Régine s'était réfugiée.

« Déjà? Eh bien, ça n'a pas été long! pensa celle-ci en l'apercevant. Les hommes, tous les mêmes! »

Collongin, de prime abord, crut devoir simuler l'étonnement.

— Vous, madame, ici, toute seule?

— Mon Dieu, oui, monsieur, toute seule! Mais vous, il m'avait semblé vous reconnaître tout à l'heure. N'étiez-vous pas en compagnie de deux ravissants petits bébés, gentils comme les amours,

et d'une charmante jeune femme... madame Collongin sans doute ?

— Oui, oui, répliqua-t-il un peu brusquement,
gêné et ennuyé par cette intempestive évocation.
Je vous voyais bien, moi aussi !

— Et vous avez eu le courage d'abandonner
une si aimable et intéressante famille ? Vous
n'avez pas craint... Moi, je m'en moque, vous
comprenez ? Mais vous, monsieur, vous qui avez
des ménagements à garder, c'est d'une imprudence ! On peut vous avoir suivi, on peut nous
surprendre... C'est vous compromettre...

— Ça m'est égal !

— C'est à moi, dans ce cas, à être plus raisonnable que vous. Je ne veux pas que pour un
caprice d'un instant...

— Un caprice ! Oh ! madame !

— N'allez-vous pas me jurer que vous n'aimez que moi sur terre, que vous êtes prêt à me
sacrifier ces pauvres innocents bébés, votre
femme...

— Mais il n'est pas question de ma femme ni
de mes enfants, interrompit Collongin avec rage.
Ces paisibles sentiments de famille n'ont rien de
commun avec l'ardente passion que vous m'avez
inspirée...

— Je le crois !

— Ne vous raillez pas ! Non ! Je vous en prie !
Je souffre déjà bien assez ! Un amour qui me
ronge le cœur, qui ne me laisse aucun repos,
qui me... Ah ! Régine, vous ne vous doutez pas
de ce que je ressens !

— Mais si ! Vous me l'avez raconté l'autre
jour.

— Depuis, je n'ai pensé qu'à vous, je n'ai vécu
que dans l'espérance de vous revoir ! Si j'avais
osé, je serais retourné chez vous... J'attendais
cette occasion... Mais vous sortez si peu !... Jamais on ne vous rencontre !... Aussi quelle joie
quand je vous ai aperçue ! Il m'avait même
semblé que vous me faisiez signe, en quittant
votre chaise, que vous m'invitiez à vous rejoindre...

— Moi ? Ah ! superbe ! Que ça de présomption !
interrompit-elle en éclatant de rire. Vous vous
êtes absolument mépris, vous avez rêvé cela
cher monsieur !

— Je le constate, hélas ! J'espérais un autre
accueil ! bégaya Collongin tout piteux.

— Mais songez donc, monsieur, que vous êtes
un homme marié, un père de famille ! Est-ce
moi qui devrais vous le rappeler ? repartit l'ef-
frontée boulevardière avec une indignation très
bien jouée. Je ne veux pas, pour quelques jours

que j'ai à demeurer dans ma ville natale, jeter le trouble et la désunion dans les ménages, m'attirer la haine de mes chers concitoyens, me faire maudir par leurs *honnestes* dames, — par madame Collongin surtout ! Non, pas de ça ! J'ai eu tort de venir au Parc, je me suis levée pour m'en aller, uniquement ; vous m'avez rejointe malgré moi ; le mieux que nous ayons à faire maintenant, c'est d'obliquer vous à gauche et moi à droite. C'est dit, n'est-ce pas ? Adieu, monsieur ! Vous vous consolerez bien vite, n'ayez crainte, et vous me remercierez plus tard !

Ce sentencieux rigorisme et ces bourrades ne servaient qu'à exciter davantage la passion de Collongin. Plus la conquête était difficile, plus elle le tentait, plus il était résolu à s'acharner, à triompher. Tout en se moquant de lui et en le bernant, la fine mouche l'avait si bien aiguillonné qu'il avait perdu toute retenue, toute raison, qu'il ne se possédait plus.

— Non ! je ne vous quitte pas ! s'écria-t-il. Puisque j'ai eu le bonheur de vous retrouver, vous m'écouterez, il le faut ! Je vous en supplie !

— Mais nous sommes entourés de monde ! On n'aurait qu'à venir, qu'à nous voir !... Songez donc à quoi vous vous exposez !

— Tant pis !

— Ne dites pas cela ! Non ! Tenez, voici quelqu'un au bout de l'allée... Je me sauve !

— Eh bien, je vous suis !

— Monsieur Collongin, je vous le défends !

Il lui emboîta le pas sans plus répliquer, et tous deux sortirent par la poterne qui donne sur la rue Saint-Jean.

— Vous êtes fou ! dit Régine en haussant les épaules. Vous vous perdez ! Je vous ai averti... Je m'en lave les mains à présent !

Au fond, elle jubilait. Énervée et mortifiée par la sourde animosité et les dédains qu'elle venait d'essuyer, elle avait besoin de faire diversion à ses pensées, de se secouer, de s'étourdir, et Collongin s'était trouvé tout à point pour lui offrir ce réconfort et cette vengeance, pour lui servir de jouet.

— Oui, je suis fou, soit ! reprit-il en s'exaltant de plus en plus. Vous avez tout fait pour m'empêcher !... Vous m'avez adressé les plus sages conseils... Et je ne vous en estime, je ne vous en aime que davantage, Régine. Vous avez noblement agi ! Moi, je n'ai rien voulu entendre... Je ne sais où j'ai la tête !... Oui, je suis fou, fou d'amour pour vous !... Je vous aime, je vous aime au-delà de tout, comme jamais vous n'avez été aimée, Régine, jamais !

Calme, impassible, elle le laissait dire. Que de fois déjà elle avait ouï cette ritournelle !

Arrivés au bas de la rue Saint-Jean, ils tournèrent à droite et gravirent la côte de Polval. Un petit sentier bordé de jardins et de vignes s'en détache à mi-chemin, et conduit au bois du Haut-Juré et aux friches de Savonnières ; ils le prirent, et Collongin, sûr alors d'être à l'abri de tout regard, enhardi par cet isolement, grisé par les tièdes effluves et la sereine placidité des champs, voulut glisser son bras sous celui de Régine. Elle s'y refusa d'abord : il pouvait y avoir des gens derrière les haies, dans les jardins ; et puis à quoi bon ? pourquoi ? qu'espérait-il ? — lui prêchant toujours la prudence, dont elle n'avait que faire, elle, mais lui, lui ! et se retranchant dans une vertueuse et solennelle insensibilité. Elle finit néanmoins par céder à ses instances et lui abandonna sa main.

— Ah ! vous avez pitié de moi ! Vous êtes bonne ! soupirait-il. Si vous pouviez lire dans mon cœur, voir combien je suis heureux, Régine ! Quelle belle et inoubliable journée !... Qui m'eût dit ce matin que nous nous rencontrerions, que je viendrais là avec vous, que nous serions seuls tous les deux, l'un près de l'autre !... Comme c'est bon de vous avoir !... Je vous aime tant !...

Vous le croyez à présent, n'est-ce pas, Régine ?...
Vous ne me repoussez plus ?...

Autour d'eux, personne ; nul bruit, que le pé-
piement des oiseaux cachés dans les buissons ou
les ceps et que leur approche mettait en fuite. A
leur droite, derrière la colline du Jard, le soleil
s'abaissait et disparaissait, dorant de ses rayons
la cime des arbres, tandis que le crépuscule en-
vahissait le pied des coteaux et les abords du
petit sentier.

Collongin discourait toujours. Il en était maintenant à proposer à Régine de tout quitter pour
elle, femme, enfants, position, allez donc ! qu'importe ! — de tout planter là sans autre forme de
procès, et de la suivre à Paris.

— Ah ! vous m'avez défié ! Vous pensiez que
mon amour reculerait devant ce que vous appe-
liez tout à l'heure ce sacrifice ! Eh bien, non !
non ! Mettez-moi à l'épreuve, ordonnez, dites un
mot, un seul mot, — et vous verrez !

Elle souriait en l'écoutant, — un glacial et
cruel sourire qui crispait sa lèvre et donnait à sa
physionomie une diabolique expression. Et elle
songeait à ces humbles ménagères, à ces mères
de famille, auxquelles elle aurait pu ressembler,
si elle était restée dans son trou de province,
qui venaient d'éveiller en elle tant de souvenirs,

et de regrets peut-être et de tristesses, à toutes ces « femmes honnêtes » qui s'étaient détournées d'elle comme d'un chien galeux, et elle se délectait aux lâches supplications de son adorateur, elle les savourait avec une orgueilleuse ivresse, une indicible exaspération. « Les voilà, vos maris, mes braves dames ! Sont-ils assez plats, assez rampants devant nous autres, hein ? Essayez donc de lutter ! Ah ! jamais, vous savez ! C'est comme si vous chantiez !... A nous le pompon ! Si on vous les laisse, ces cocos-là, c'est par pitié, par dégoût, parce qu'on en a par-dessus la tête ! Faites donc encore les mijaurées et les bégueules ! Il y a de quoi, allez !... »

Ils atteignirent la lisière d'une futaie. Collongin, espérant que l'ombre et le mystère de ces vertes profondeurs l'aideraient à vaincre les résistances de Régine, voulait continuer la promenade.

— Non, il est temps de revenir, je vous ai déjà bien assez retenu ! objecta la jeune femme. On doit être inquiet chez vous. Si M<sup>me</sup> Collongin vous attend pour souper...

Toujours M<sup>me</sup> Collongin ! Ah ! il était bien question d'elle !

— Il ferait beau voir que ma femme se mêlât de contrôler ma conduite ! Oui, je serais curieux de voir ça ! répliqua-t-il avec une grotesque outre-cuidance. Je m'appartiens, je suis mon maître !

— Je n'en doute pas, monsieur, et je vous en félicite ; mais n'importe...

— Reposons-nous un peu au moins ! On serait si bien là, sur le gazon...

— Ce serait trop poétique — et trop humide, monsieur Collongin. Non, je regagne mes pénates, décidément ! ajouta-t-elle, en riant sous cape de la déconvenue de son soupirant.

Elle s'entêtait à lui tenir la dragée haute ; cette rigueur faisait partie du programme et la piquait au jeu. « Pauvre garçon, qui croyait si bien toucher le but ! Doit-il être désappointé, furieux ! »

Le fait est que Collongin se torturait le cerveau et ne savait plus qu'imaginer ni que dire.

Ils avaient rebroussé chemin et suivaient un raidillon pierreux qui coupait à travers les vignes et aboutissait à la rue de Naga. Régine avait repris le bras de Collongin et s'y appuyait avec un abandon et une tendresse qui ne faisaient qu'aviver les regrets de son cavalier, rendre plus amères, plus cuisantes sa déception et ses souffrances.

Une seule chance lui restait, mais une chance trop belle pour ne pas être illusoire : comment espérer que Régine, après l'avoir tant rabroué,

consentirait à le laisser pénétrer chez elle tout
à l'heure? Et cependant la quitter ainsi, sans
avoir profité de l'aubaine, mené le roman à
bonne fin!... Non! Il fallait essayer encore!

Discrètement, il se plaignit d'être fatigué,
insinua qu'il était bien fâcheux de ne pouvoir
s'arrêter nulle part, et manœuvra de son mieux
pour se faire inviter. Peine perdue! Régine, qui
n'était pas dupe de ce puéril stratagème, n'avait
pas l'air de comprendre et ne soufflait mot.

Ils arrivèrent au sommet de la côte : encore
quelques pas et on se trouverait devant la
maison, le dernier espoir s'évanouirait, ce serait
fini! Collongin tremblait de tous ses membres
et n'avait même plus la force de bégayer une
ultime supplication.

Régine lui lâcha le bras, se munit de sa clef,
puis ayant ouvert la porte toute grande, elle
s'effaça :

— Entrez, voyons! Vous vous reposerez mieux
ici que sur l'herbe.

Elle lui devait bien cela!

## IX

Cette escapade coûta cher à M. le voyer Collongin. D'abord il n'était pas chez lui aussi omnipotent qu'il l'avait prétendu ; son auguste moitié, campagnarde courtaude et boulotte, revêche, parcimonieuse, tracassière en diable, entêtée comme une mule, passait, au contraire, pour le mener tambour battant et lui faire sentir au besoin même la vigueur de sa poigne. Il lui fallut s'expliquer, lorsqu'il réintégra un peu avant minuit le logis conjugal, indiquer la cause de cette soudaine et incompréhensible disparition. — On l'avait cherché partout, dans toutes les allées du Parc; on était allé voir au café du Commerce, au café des Oiseaux, au café du Cercle, — quoiqu'il lui fût défendu, il le savait bien ! de fréquenter ces affreuses tabagies, où tant de pères de famille n'ont pas honte de gaspiller le pain de leurs enfants! Mais quoi! il pouvait s'être laissé entraîner! — Et on ne l'avait pas trouvé! — On avait couru chez tous ses collègues, agents voyers auxiliaires et agents voyers ordinaires, même chez l'agent voyer principal, même chez monsieur l'agent voyer en chef. Et rien! — On n'avait pas eu le courage de se mettre à table sans lui : on ne mange pas dans ces moments-là! Y avait-il du bon sens de plonger ainsi une pauvre femme dans l'inquiétude et la désolation! Il fallait ne pas avoir un brin de cœur! C'était indigne! Qu'avait-il donc été faire? Où s'était-il fourré? D'où sortait-il, à une heure pareille?

— Réponds, monstre! Réponds! Mais parle donc, horreur d'homme! Père dénaturé!

Collongin, qui ne faisait plus le fier alors, bégaya qu'il avait rencontré des amis, deux vieux camarades... des gens très bien... oh! très bien!... qui l'avaient emmené jusqu'à... tout là-bas... tu sais bien?.. à Mussey!.. même que c'était la fête du village! qu'on l'avait retenu à souper... bien malgré lui, certes!... S'était-il assez gendarmé!... Leur avait-il assez crié non! Mais pas moyen de s'en débarrasser, pas moyen de s'échapper!

— Des amis? A Mussey? Approche donc un peu... Mais tu empestes les odeurs, misérable!

Et tiens, vois donc, ta manche... Elle est couverte de poudre de riz!

— Aurélie, je t'assure que tu te trompes!..

— Ne nie pas! Ça ne sert à rien! Je ne suis
pas une imbécile! Et je n'ai pas le nez bouché
non plus! Je te dis que tu pues le musc, l'eau de
Cologne, je ne sais quoi! Ce n'est pas à Mussey
qu'on se parfume de la sorte, pas plus qu'ici, chez
toi, dans un intérieur décent et honnête! C'est dans
les mauvais lieux, chez ces immondes créatures!
Voilà d'où tu viens, vil débauché, infâme...

— Mais, Aurélie, comment aurais-je pu?.. Ma
louloutte, réfléchis donc!.. Et de l'argent?.. Je
n'avais que vingt sous sur moi, et je les ai
encore!.. Regarde, compte!

— Heureusement! Il n'aurait plus manqué
que ça, que vous eussiez dépensé... Dieu merci!..
Vous voyez si j'ai raison de tenir la caisse?..
Oh! je savais ce que je faisais! Je me suis toujours méfiée de vous, monsieur, toujours! et à
bon droit, en voilà la preuve! Vous nous jette-
riez sur la paille, si je ne veillais... Ah! mais
non, je n'entends pas fournir... Je ne souffrirai
pas que vos folles prodigalités...

— Chérie, tu n'es pas juste! Calme-toi!

— Eh! que diriez-vous donc, monsieur, si
j'allais courir la prétantaine comme vous, si je

rentrais à des minuit?.. Que je me calme?.. Ah!
je voudrais vous y voir! Mais je vous suis fidèle,
moi! J'ai le respect de mon foyer, le respect de
mes enfants... Je ne veux pas qu'ils aient à
rougir... Pauvres petits! Avoir un tel père!
Taisez-vous! N'essayez plus de vous disculper!
Vous mentiriez encore!

— Je te jure, ma bonne Aurélie...

— Inutile, monsieur! Allez retrouver vos gour-
gandines! Allez! Vous me faites horreur! Ah!
maudit soit le jour où vous avez demandé ma
main!.. Ai-je été assez sotte!.. Suis-je assez
punie?..Ah! Seigneur Dieu, si j'avais pu prévoir!
Me trahir de la sorte! Lâche, perfide, comme
si ta femme ne te suffisait pas, dis, scélérat?..

Et Collongin ayant encore tenté de répliquer
reçut deux maîtresses gifles, qui apaisèrent un
peu les nerfs de l'infortunée Aurélie et termi-
nèrent la scène.

A quelques jours de là, un nouveau malheur,
un châtiment plus sévère vint fondre sur lui.

— Monsieur Collongin, voici un pli pour vous.
C'est de M. Durueil, lui dit un matin l'agent
voyer principal chez lequel il travaillait.

Dans sa lettre, M. Durueil, l'agent voyer en
chef du département, invitait son subordonné à
se présenter sans retard à son cabinet.

Il n'y avait là rien d'alarmant, rien d'insolite : journellement Collongin ou quelqu'un de ses collègues était ainsi mandé par « le grand chef », tantôt pour fournir des renseignements au sujet d'une modification de tracé ou d'une adjudication, tantôt pour fixer la date et l'itinéraire d'une tournée ou recevoir l'ordre de procéder d'urgence à une enquête.

L'imprudent adorateur de Régine, l'heureux mais éphémère vainqueur, n'était pas rassuré néanmoins. Il avait beau se dire : « C'est sans doute à cause des prestations de la commune d'Haironville, qu'on me fait appeler, ou pour le raccord du chemin d'intérêt commun n° 35, ou encore... » Les motifs ne lui manquaient pas ; mais, comme le criminel que sa conscience obsède, à qui tout sert de remords, il en revenait toujours et malgré lui à son méfait.

« Si c'est pour cela, je nie, et ferme ! » se promit-il.

M. Durueil habitait au bas de la côte de l'Horloge, à l'extrémité de la rue Rousseau. Un long couloir conduisait à un étroit et chétif jardinet dont il fallait traverser une partie pour atteindre l'escalier spécialement réservé au service vicinal. Le bâtiment, dans lequel cet escalier donnait accès, prenait jour sur le jardin et était adossé à la maison, qui avait sa façade sur la rue Rousseau. Il se composait d'un seul étage, que le palier de l'escalier divisait par moitié. A gauche, sur une pancarte collée contre la porte, une inscription se détachait en grosses lettres artistement dessinées à l'encre de Chine et imitant à s'y tromper les caractères d'imprimerie : *Bureau de l'Agent voyer en chef.* C'était la salle occupée par les employés de M. Durueil. A droite, se trouvait son bureau particulier, son cabinet.

D'ordinaire, quand il se rendait chez le patron, Collongin n'oubliait pas d'aller serrer la main aux employés, à ses braves collègues, et de tailler une bavette avec eux ; mais, cette fois, il était trop inquiet, trop anxieux, pour s'en aviser et s'attarder aux bagatelles.

« Que diantre peut-il bien me vouloir ? ronchonnait-il. S'il s'agit de Régine, c'est entendu, je nie tout mordicus ! Faut du toupet ! »

Et il frappa — en tremblant — deux petits coups à la porte.

M. Durueil enveloppé, malgré la chaleur de la saison, dans une robe de chambre de molleton gris, était debout devant un haut pupitre d'acajou et en train de compulser un dossier.

Quoiqu'il eût franchi la cinquantaine, ni sa chevelure ni sa soyeuse barbe noire n'avaient un

fil d'argent. Le front bien dégagé, les traits régu-
liers, l'œil d'un brun pailleté d'or et chatoyant
comme une goutte de café, l'air à la fois sérieux
et avenant, il vous séduisait et vous imposait de
prime abord. L'intelligence et la bienveillance
se reflétaient sur sa physionomie ; et , de fait,
M. Durueil, ancien élève de l'Ecole polytechnique, était non seulement un homme capable, un
savant et habile ingénieur, mais un excellent
homme, un chef plein de sollicitude et d'indulgence, apprécié, aimé et vénéré de tout son per-
sonnel.

— Ah ! c'est vous, monsieur Collongin ! Je
vous attendais. Asseyez-vous donc !

Et, tout en lui indiquant un siège, M. Durueil
s'empressa de fermer la porte qui communiquait
avec son appartement, et de donner un tour de
clé à celle du palier.

« Diable ! ce n'est pas pour affaire de service !
C'est à cause de Régine, plus de doute ! » se dit
Collongin, que ces précautions inusitées rem-
plissaient d'effroi.

— Ah çà ! Quelle vie menez-vous ? reprit
M. Durueil d'un ton grondeur et paterne, après
s'être installé dans son fauteuil, vis-à-vis de
l'inculpé. Je n'ai pas l'habitude, vous le savez, de
m'immiscer dans la conduite privée de mes

employés ; j'estime que, en dehors de l'administration, ils ne relèvent plus que d'eux-mêmes,
que je n'ai plus droit de contrôle sur leurs actions,
— rien à y voir. Mais ne cassez pas les vitres, ne
me forcez pas à voir !... Savez-vous combien j'ai
reçu de plaintes à votre sujet depuis huit jours,
en une seule semaine ? Cinq ! Ce sont des dénon-
ciations anonymes, c'est vrai, et qui ne méritent
pas considération. Que m'importe, au fond, que
vous ayez ou que vous n'ayez pas de relations
avec une fille Garnerot ? D'homme à homme, je
puis bien vous dire, si le fait est exact...

— Il ne l'est pas, monsieur, je vous l'atteste !
interrompit Collongin. Je suis indignement
calomnié...

— Je le souhaite, je l'admets ; mais supposons,
pour un instant, qu'on ne se soit pas trompé,
que ces relations existent. Eh bien, de vous à moi,
en ami, je vous dirai que vous avez tort, que,
lorsqu'on est marié, on s'en tient à son intérieur,
— oui, cela vaut mieux, croyez-moi, monsieur
Collongin ; — mais, comme chef, encore une
fois, je préfère m'abstenir, je suis censé ignorer. J'aurais donc jeté ces lettres au panier et
il n'en aurait jamais été question, si une autre
plainte, émanant directement de la Préfecture ..

— Oh ! mais c'est abominable !

— Voilà deux fois que le préfet me parle de vous et me demande quelle mesure je compte prendre à votre égard. On ne s'est pas borné à vous dénoncer auprès de moi ; on lui a écrit, à lui aussi, toujours à propos de cette demoiselle Garnerot...

— Une personne que je ne connais même pas, monsieur !

— Je lui ai fait observer qu'on ne pouvait ajouter foi à ces misérables accusations ; que vous étiez un fonctionnaire zélé, laborieux, rangé, dont je n'avais qu'à me louer sous tous les rapports ; que jamais votre réputation n'avait été ainsi attaquée ; — je vous ai défendu de mon mieux enfin ! Il prétend qu'il y a eu scandale, qu'on vous a vu au bras de cette fille, en plein jour...

— Jamais, monsieur, je vous le jure ! s'écria Collongin en levant haut la main.

— Mais comment expliquer alors ces cancans et ces lettres ? Pourquoi vous, plutôt qu'un autre ? Il y a eu quelque chose, c'est indubitable ! riposta M. Durueil, impatienté par cet aplomb, froissé surtout par ce manque de confiance. — L'autre soir, M<sup>me</sup> Collongin vous a demandé à tous les échos de la ville : on ne savait ce que vous étiez devenu ! Enfin, à tort ou à raison, des bruits courent sur votre compte et sont allés jusqu'aux oreilles du préfet, voilà l'affaire. Il est très monté contre vous ; il trouve que votre conduite — celle qu'on vous attribue, si vous voulez, — porte atteinte à la dignité et à la considération du service vicinal, dont la responsabilité lui incombe ; et il m'a enjoint, sommé presque, de sévir contre vous et de couper court au plus tôt à cette sotte histoire. Tout cela est aussi désagréable pour moi que pour vous, monsieur Collongin, soyez-en convaincu ; mais je n'y puis rien !

— Monsieur... je regrette...

— Voici donc ce que j'ai décidé, poursuivit M. Durueil. Vous allez quitter Bar...

— Oh ! monsieur !...

— Attendez ! Je vous envoie à Montmédy pour remplacer M. Sténart, qui est malade et sollicite un mois de congé. Pendant tout ce mois, vous aurez droit à votre indemnité de déplacement, — huit francs par jour ; en sorte que vos frais de déménagement et de voyage se trouveront remboursés. Je verrai ensuite soit à vous maintenir définitivement à Montmédy, soit à vous nommer à Verdun. Cela vous convient-il ? Je ne veux pas que vous sortiez d'ici mécontent de moi !

— J'accepte, monsieur.... puisqu'il le faut !...

— Oui, il faut que vous changiez de résidence ;
c'est indispensable. Mais ma proposition vous sa-
tisfait-elle ? Avez-vous quelque objection à faire ?

— Non, monsieur, aucune.

— Et vous me remerciez ?

— Oui, monsieur, je vous remercie, et je vous
prie de croire combien je suis confus des ennuis
que je vous ai occasionnés... bien malgré moi...
car, je vous l'affirme, cette Régine Garnerot...

— Elle s'appelle Régine ?

Interloqué de sa maladresse, Collongin, qui
tenait à protester jusqu'au bout, ânonna, s'em-
berlificota.

— Non, monsieur... Sais pas... Je ne lui ai
jamais parlé... pas même vue...

— Bien, bien, acheva M. Durueil en se levant,
pour indiquer à ce triste sire que la cause était
entendue et la séance terminée. — Ah ! n'oublions pas, reprit-il ; vous devrez être rendu à
Montmédy après-demain au plus tard. M. Sténart ne peut attendre.

— Oui, monsieur, je ne manquerai pas...
Merci, monsieur... J'ai bien l'honneur...

— Au revoir, monsieur Collongin. — Et surtout, — bonne chance là-bas !

Bonne chance, cela signifiait : Soyons sage !
Mais M. Durueil craignait, en se montrant trop

explicite, de provoquer de nouvelles dénégations, un redoublement de platitudes et de mensonges.

Comme on le devine, cet événement mit en grand émoi le ménage Collongin. Aurélie fut atterrée et exaspérée. Elle croyait si bien avoir définitivement planté sa tente à Bar-le-Duc ! Elle était si heureuse et si fière, elle, fille de la campagne, de résider à la ville, au chef-lieu ! Il allait donc encore falloir plier bagage, emballer, empaqueter, ficeler : vendre à vil prix quantité d'objets trop encombrants pour être transportés et qu'on serait obligé de racheter en débarquant; donner le chat, ce pauvre Frisquet ! se défaire des poules dont on avait peuplé la cour. — Était-elle gaie et gentille, cette petite cour en terrasse située derrière la cuisine et d'où l'on découvrait tout le quartier de Nazareth, tout le long vignoble de Corotte, le chemin du Rossignol, les bois de Véel et les gros tilleuls de la route de Combles ! Était-il assez commode et coquet, ce petit logement de la rue des Ducs ! Et pas cher : deux cent cinquante francs. On n'en retrouverait pas un pareil à Montmédy, bien sûr ! Ah ! quel ennui ! quel aria !

— Voilà ce que c'est ! Voilà! Je l'avais bien prédit ! Nous payons les fredaines de monsieur ! Misérable, tu finiras par te faire révoquer !

— Si tu n'avais pas été me réclamer chez Pierre et chez Paul, jaboter et geindre à droite et à gauche, ça ne serait pas arrivé !

— C'est de ma faute maintenant ! Allons, bon ! Ah ! quel homme !

— Certainement, c'est de ta faute, Aurélie ! Tu m'as compromis avec tes...

— N'achève pas, ou sinon !

Devant ce *quos ego*, maître Collongin se radoucit subitement et changea de tactique.

— D'ailleurs, bobonne, ce n'est pas une disgrâce, au contraire ! M. Durueil m'a félicité de mon zèle et de mon bon travail, et c'est pour me témoigner sa... son contentement... me récompenser... qu'il me charge de cet intérim. Huit francs par jour, cela forme un joli denier à la fin du mois, en sus des appointements. Il y a plus d'un collègue qui voudrait être à ma place, va !

La perspective de cette aubaine dérida M^{me} Collongin et lui fit supporter de meilleur cœur les tracas du déménagement. Il fut convenu que le mari se mettrait en route dès le lendemain et qu'elle le rejoindrait dans la huitaine avec les enfants et les bagages.

C'est par Hubert Vauquois que Régine eut connaissance de ce départ. On en jasait dans toute la Ville-Haute; l'aventure de Collongin et de la Parisienne était grossie et travestie de mille façons; les promeneurs de la place Saint-Pierre surtout en faisaient des gorges chaudes.

— Auriez-vous jamais soupçonné cela, dites? Il avait si bien l'air de ne pas y toucher! Vous vous rappelez sa mine contrite et indignée, ses fulminantes tirades, lorsqu'il nous parlait de « ces viles créatures? » Quel sacré jésuite tout de même!

Mieux que personne, Hubert était en état de démêler la fausseté ou l'exagération de ces propos; plus que tout autre, bien qu'il ne fût pas jaloux, — il aurait eu trop à faire! — il désirait connaître le fin mot de l'histoire.

Régine, lorsqu'il la questionna, singea l'étonnement et éclata de fou rire.

— Moi?... Avec ce type-là?... Ah! elle est bien bonne!

— Ma foi, c'est ce qu'on raconte! Vous vous donniez des rendez-vous au Parc, vous vous en alliez bras dessus bras dessous courir les bois... Ce qui me semble, en effet, bien difficile à admettre. Je sais que tu n'aimes pas à sortir... Tu ne bouges pas de chez toi... Nous nous voyons presque tous les jours... Comment ne me serais-je pas aperçu?... Et puis tu choisirais mieux, je présume!

— Sois-en sûr, *Arthur!* Ce n'est pas un pareil pignouf que je prendrais, si j'avais envie de te faire des traits. J'ai meilleur goût, je m'en flatte. Il s'est présenté ici une fois; il m'a débité sa petite déclaration, tu te souviens? mais je l'ai reçu de telle sorte qu'il n'a pas eu le désir de recommencer. Peut-être est-il venu rôder ensuite sous mes fenêtres, et s'est-il fait remarquer par les voisins ou les passants : c'est possible, cela expliquerait les potins dont tu me parles; mais je n'en ai rien su, moi, je ne l'ai jamais revu! Cela, je puis te le jurer sur ce que j'ai de plus sacré, mon gros chien !

— Pas besoin! D'avance j'en étais persuadé. Je me disais : « C'est impossible! matériellement impossible! » Hein? cette fichue vie de province, cet espionnage, ces commérages, tu vois!... Une seule visite, à peine le temps de desserrer les dents, et crac ! voilà mon particulier signalé partout, décrié, conspué, obligé de quitter la place! Ah! c'est amusant!

— Et où s'en va-t-il, cet escogriffe ?

— Dans le fin fond du département, à Montmédy. Il paraît que son chef lui a flanqué une semonce carabinée, et c'est par mesure disciplinaire qu'on l'expédie là-bas.

— Et d'un ! conclut mentalement Régine.

# X

Les mésaventures de l'agent voyer, le scandale causé par ce qu'on appelait « l'affaire Collongin », auraient dû servir d'avertissement au père Adnesse et tempérer ses ardeurs de libertin hors d'âge. Mais non, le vieux barbon n'en était que plus excité, plus impatient d'avoir son tour. L'idée que ce petit gratte-papier sans sou ni maille avait réussi là où il avait échoué jusqu'à présent, lui, gros propriétaire, rentier cossu et calé, personnage d'importance et de poids, le mettait en fureur. Nul ne qualifiait aussi durement que lui les frasques de l'époux d'Aurélie, nul ne se montrait aussi cruel et impitoyable. Ce sacripant! ce plat cafard! ce salaud! cette canaille! Il ne le désignait que par les épithètes les plus injurieuses et les plus grossières, et, dans tous ses discours, sans le vouloir, inconsciemment, lâchait bride à sa jalousie et à sa folle rancune.

— Qu'a-t-il donc pour s'emballer comme ça ? chuchotaient ses amis de la place Saint-Pierre. Est-ce qu'il en tiendrait pour la Garnerotte, lui aussi ? On dirait que Collongin lui a volé sa place !

C'était cela, en effet ; c'était de ce vol, de cette infamie, qu'il l'accusait tout bas. Il l'exécrait, lui en voulait à mort. Une querelle aurait éclaté entre eux, inévitablement, si Collongin n'eût pas reçu l'ordre de se rendre au plus vite à son nouveau poste.

Le père Adnesse avait eu tout loisir de plaider sa cause pourtant, et, s'il ne l'avait pas gagnée, ce n'était qu'à lui et à sa lésinerie qu'il devait s'en prendre.

Le lendemain même du jour où il avait trouvé porte close, il s'était décidé à recommencer sa tentative ; mais, au lieu de sortir en pleine après-midi, comme la veille, craignant que Régine ne fût régulièrement pas visible si tôt, il attendit jusqu'à cinq heures ; puis il se pomponna et se bichonna de nouveau, brandit son stick et lui fit décrire un triomphant moulinet, redressa sa taille, planta son chapeau à la crâne : « Et maintenant, en route ! »

Régine était seule, cette fois : Christian d'Autry venait de partir et Hubert n'osait toujours pas s'aventurer dans ces parages avant la nuit serrée.

— Veuillez vous donner la peine d'entrer, monsieur, dit-elle d'un ton ironiquement cérémonieux. Qui me vaut l'honneur de votre visite ?

Le père Adnesse était parvenu à concilier ses intérêts de propriétaire et ses exigences d'amoureux et avait arrêté ses plans. Il consentait — pour être agréable à Régine, uniquement ! — à se défaire de son bois de Véel, et il ne prétendait tirer aucun bénéfice de cette vente, non, pas un rouge liard.

— Pourvu que je rentre dans mes déboursés, c'est tout ce que je désire. Ma récompense, la seule que j'ambitionne, sera d'avoir obligé une aussi aimable et charmante personne, acheva-t-il, en baisant galamment la main de la jeune femme.

A sa grande surprise, cette proposition fut écoutée avec une froideur glaciale. L'aimable et charmante personne ne paraissait nullement apprécier l'importance du sacrifice qu'il s'imposait pour elle.

— Je crains d'être forcée de refuser, monsieur. J'ai réfléchi... Votre bois... D'abord, je le trouve trop éloigné de la ville...

— Mais puisque vous avez acheté celui de M. Forgeot qui est contigu au mien ? objecta le père Adnesse.

— C'est le tort que j'ai eu. Je me suis laissé entortiller par mon oncle ! Il me ferait acheter tout le pays, si je l'écoutais. Il s'en moque ! Ce n'est pas lui qui paye !

— Il m'avait bien affirmé cependant, et vous présente, vous vous souvenez ? que mon bois de Véel vous faisait grande envie.

— Je ne dis pas non !

— Il m'avait même prié de vous donner la préférence en cas de vente.

— Je sais... oui... Il s'est mis cette acquisition en tête... Et cela s'explique ! Je reconnais comme lui qu'elle présenterait certains avantages, à cause du bois Forgeot...

— Des avantages considérables, mademoiselle ! Plus de servitudes ! L'accès direct sur la route de Véel et sur la plaine de Combles ! En outre, — ce que vous n'avez pas dans le bois Forgeot ! — une maisonnette en pierre de taille, avec cave, citerne et grenier. Rien que la construction d'une maisonnette semblable vous coûterait un billet de mille, presque le prix total de mon bois, puisque je consens à vous le laisser à douze cents francs.

— C'est bien gracieux de votre part, monsieur, et je suis très touchée d'un si généreux procédé.

— Que ne ferait-on pas pour mériter votre estime, obtenir un sourire de ces beaux yeux !...

Mais Régine se hâta de l'interrompre. Les affaires sont les affaires.

— Vous êtes vraiment trop aimable ! Je voudrais pouvoir accepter... Je serais très heureuse, très heureuse d'avoir ce bois... Mais chacun est obligé de consulter ses finances, n'est-ce pas ? et les miennes sont si modestes que je n'ose me risquer...

— C'est une occasion comme vous n'en rencontrerez jamais, mademoiselle ! Songez donc ! Un hectare soixante-quinze ares de terrain, des essences de premier ordre, chênes, hêtres, charmes, tous de haute futaie, prêts à mettre en coupe dès l'hiver. A tout autre que vous, je ne céderais pas ce bois à moins de deux mille francs, deux mille cinq cents francs même, je vous le certifie, et je ne serais pas en peine de trouver acquéreur.

— Je ne conteste pas, monsieur, loin de là ! Je connais votre bois et je ne vous ai pas caché combien il me plaisait. Positivement, je serais enchantée d'en être propriétaire ! Rien ne m'agréerait davantage. Mais ! Mais !... Douze cents francs, c'est trop cher pour ma bourse... Il faut être raisonnable !

A force de répéter que son plus vif désir était de posséder ce bois et que la question d'argent seule l'arrêtait, elle se berçait de l'espoir que

M. Adnesse finirait par saisir l'apologue et adou-
cirait, simplifierait ses conditions. Il eût été si
facile de tomber d'accord, s'il avait voulu ! Mais
notre Harpagon avait l'oreille trop dure en pareille
circonstance. Il s'était persuadé que Régine allait,
dès les premiers mots, se confondre en remerciements et lui sauter au cou, et il demeurait
tout désarçonné et consterné, ne sachant comment dissimuler son embarras, tournant piteuse-
ment son chapeau entre ses doigts.

— Moi qui croyais si bien vous faire plaisir !
murmura-t-il. Après ce que votre oncle m'avait
raconté, je ne doutais pas... J'ai cependant fait
toutes les concessions imaginables, au mépris
de mes propres intérêts ; vous pouvez me rendre
ce témoignage, mademoiselle !

Elle était près de lui rire au nez en l'entendant
se targuer de la sorte. « Tais-toi donc, vieux
grigou ! vieux rapiat ! » pensait-elle.

Elle finissait par s'impatienter.

— Il ne me sied pas, répliqua-t-elle sèchement,
d'apprécier la valeur de vos concessions. C'est à
vous de décider jusqu'où vous pouvez les pousser.
En pareil cas, tout galant homme connaît son
devoir.

— Mademoiselle, je ne comprends pas...

— Voyons ! voyons ! C'est cependant bien

clair, et vous n'êtes pas arrivé à votre âge sans
savoir ce que parler veut dire ! Vous exigez
douze cents francs de votre bois, n'est-ce pas ? —
Un bois qui me *botte* si bien ! — Douze cents
francs, c'est votre dernier chiffre ?

— Il en vaut deux mille cinq cents, mademoiselle ! Plus du double ! Parole d'honneur !
Renseignez-vous auprès de qui vous voudrez ; si
on l'estime à moins...

— Je m'en rapporte à vous, ça me suffit ! Douze
cents francs... payables... payables comment ?

Quelle œillade friponne elle lui décochait ! S'il
ne comprenait pas, cette fois !...

— Eh bien, mais !... la moitié comptant, par
exemple ; le reste...

— Non, monsieur Adnesse, merci ! Pas moyen de
nous entendre, décidément ! maugréa-t-elle avec
dépit, irritée et découragée par ce mauvais vouloir
persistant, cette petitesse ou cette imbécillité.

Et, sans plus s'occuper de son visiteur, elle se
leva et se mit à épousseter et à ranger les bibelots
de son étagère.

— Mademoiselle, laissez-moi au moins vous
exprimer... bégaya le père Adnesse, en se rap-
prochant d'elle, timidement ; — permettez-moi
de vous rappeler... les sentiments... Que je ne
m'en aille pas comme ça, mademoiselle ! Je vous

en conjure !... Vous n'ignorez pas quelle tendresse... quel amour...

— Ah ! oui, il est joli, votre amour, parlons-en !

— Mais je ne pense qu'à vous, je ne vis que
pour vous ! Régine, vous, si belle...

Et, tout tremblant, suppliant, la face em-
pourprée, l'œil avide, enflammé, il lui appuya la
main sur l'épaule.

— Oh ! je n'ai pas de temps à perdre ! répliqua-t-elle, en le repoussant aussitôt. Assez causé !
il faut que je sorte : ainsi...

— Vous me chassez ?

— Tout juste ! Je ne sais même pas pourquoi
vous êtes venu !

— Moi qui vous aime tant !

— Vous ? Vous n'aimez que ça, tenez ! glapit-
elle, en faisant le geste avec le pouce et l'index
de palper de la monnaie.

Elle n'avait plus à se gêner maintenant, et ne
risquait rien, pour se dépiquer, de lui dire
crûment son fait.

— Allons, preste ! Ne moisissons pas ici ! Il est
temps d'aller becqueter, et mon oncle n'attend pas !

Ils partirent ensemble, et, durant le court trajet
de la maison de Régine à celle de Garnerot, le père
Adnesse tenta encore de revenir à la charge.

— Pourquoi me traiter si durement ? Prendre

ainsi plaisir à me briser le cœur?... Régine, si
vous me connaissiez mieux...

— Avec ça ! Je ne vous connais que trop !

— Ne soyez pas méchante, voyons ! Donnez-
moi la main : quittons-nous bons amis !

— Comment donc !

Et elle lui tourna le dos en ricanant, franchit
les marches de l'escalier et disparut dans les
profondeurs du sordide corridor.

— Ah ! la carogne ! s'exclama le père Adnesse
en crispant les poings.

Il continua son chemin et rentra chez lui encore plus désolé et exaspéré que la veille.

Que faire ? Il passa toute la nuit sans fermer
l'œil, ruminant vingt projets, fulminant mille
imprécations contre « cette satanée mâtine ».

Il voyait clair dans son jeu, à présent. Ce
qu'elle voulait, c'était le bois de Véel pour rien,
pardi ! Ah ! elle n'y allait pas de main morte,
mademoiselle Garnerot ! Fichtre ! Quel toupet !

Il se sermonnait : « Suis-je assez bête de
m'être embarqué là-dedans ! Il y avait tant
d'autres moyens, au lieu de lui proposer cette
vente ! Avec elle, je n'avais pas de gants à prendre !
C'est son métier ! Il fallait procéder carrément,
sans tout ce micmac ; lui dire : — Voilà ! Combien ? — et j'en aurais vu la farce à bon compte.

Elle s'est fichue de moi, la bougresse, et elle a eu raison ! » Mais il se promettait bien de ne pas recommencer, il était bien résolu à mater et étouffer cette stupide toquade. Ah ! cela, oui ! « Puisque tu cotes tes faveurs à si haut prix, ma belle, on s'en passera ! C'est simple comme bonjour ! »

Ce n'était pas si simple, paraît-il, car, en dépit de ces vaillantes résolutions, la première chose que fit le père Adnesse, lorsque l'aube vint à poindre, ce fut de courir chez Garnerot pour lui confier ses tourments et lui demander conseil et appui.

Il ne trouva que Lisa. Elle était en train de balayer la cour et elle lui apprit que son homme était déjà *décanillé* et en route pour le bois de la Vierge.

— C'est à cause de vos raquettes, m'sieu Adnesse, ajouta-t-elle. Vous voyez qu'on pense à vous ! En vous dépêchant un brin, vous le rattraperez : il ne doit pas avoir encore dépassé les Roches.

Le père Adnesse se remit en marche, gravit la côte de Pilviteuil, atteignit le plateau des Roches, puis la tranchée : pas de Garnerot. Il l'appela, hucha plusieurs fois à pleins poumons : aucun lointain houp ! houp ! ne lui répondit.

Ce n'est qu'en arrivant à son bois de la Vierge qu'il l'aperçut. Le *Pied dégagé*, qui tenait sans doute à justifier son surnom, avait fait diligence et était occupé à tailler des piquets devant la porte de la baraque, au milieu de piles de raquettes. Couché près de lui, dans l'herbe, Moricaud sommeillait, le museau entre les pattes. En l'entendant grogner tout à coup, Garnerot se retourna et reconnut, dans la claire trouée du sentier, la casquette de cuir et le veston de velours du maître tendeur.

— Ah ! m'sieu Adnesse ! Vot' serviteur ! Nous ne serons pas en retard, hein ? reprit-il en indiquant les engins qui l'entouraient. Quand je promets, moi !... C'est su et connu de tout un chacun, le *Pied dégagé* n'a qu'une parole !

M. Adnesse acquiesça distraitement, d'un signe de tête, à cette fière attestation.

— Et c'est propre, c'est bien fait, soigné, aux petits oignons ! Regardez !

Et, prenant deux ou trois raquettes au hasard, il les ploya, les renfla, de manière à leur « donner du ventre », et en fit jouer prestement les ficelles.

— Hein ! est-ce torché ? Ce ne sont pas vos sacrés Gisquin, je *me* pense, qui vous en fabriqueraient de semblables ! Pas de danger !

— Alors tout est terminé ? demanda M. Adnesse.

— Tout ! Nous poserons les piquets quand vous voudrez. Nous aurions même pu commencer hier, si vous étiez venu. Je suis resté ici toute la journée : je vous attendais presque.

— Hier... Ah !

— J'avais fini ma dernière raquette à deux heures. J'ai bibeloté dans le bois, autour de la *cabourote* (la cabane, la baraque), jusqu'à la tombée de la nuit, pensant que peut-être vous arriveriez...

— Et votre nièce, vous l'avez vue en rentrant ?

— Régine ? Mais comme tous les soirs.

— Elle ne vous a rien dit ?

— A propos de quoi ?

— Je suis allé chez elle hier.

Garnerot, comme ébahi de cette nouvelle, écarquilla les yeux.

— Je croyais qu'elle vous aurait raconté...

— Quoi donc ? Je ne sais rien !

— Je voulais lui parler de mon bois de Véel.

— Ah ! Eh bien ?

— Nous n'avons pas pu nous entendre.

— Quel guignon ! Si vous m'aviez averti, m'sieu Adnesse, j'aurais arrangé les choses, moi. Les femmes, ça ne comprend jamais rien aux affaires !

— C'est que... entre nous... je m'en vais vous

dire, Garnerot... Autant vous l'avouer franche-
ment tout de suite...

— Craignez rien, m'sieu Adnesse. Moi, bouche
cousue !

— Régine m'a... J'en tiens pour elle, quoi !

— Vous ? Pas possible ! s'exclama le rusé personnage.

— Eh ! si, malheureusement ! Je n'en ai pas
dormi de la nuit ; j'en suis tout... tout sens dessus dessous ! J'ai eu beau la prier, la supplier...
Elle se moque de moi !

— O m'sieu Adnesse ! Non, ne croyez pas...
Régine est trop bien élevée pour ne pas savoir
ce qu'elle doit à un homme de votre âge... — Il
se reprit aussitôt, voyant qu'il venait de commettre une balourdise — de votre condition,
veux-je dire, un homme comme vous !

— Elle m'a flanqué à la porte comme un chien !

— M'sieu Adnesse !

— Il n'y a pas de monsieur Adnesse qui tienne !
C'est la vérité pure !

— Vous vous y êtes mal pris alors. Vous l'a-
vez offusquée, blessée... Une si brave fille ! C'est
la douceur et la bonté mêmes que not' Régine !
Et si belle ! Quels yeux ! Ça brille comme du feu
et c'est doux comme du velours. Et les mains !
Avez-vous remarqué les mains ? Quelle blan-

cheur ! Quelle finesse ! Comme c'est mignon !
C'est pas pour dire, mais on peut chercher dans
tout Bar et les environs, à vingt lieues à la ronde,
on n'en trouvera pas une qui la dégote !

— Eh ! oui, c'est bien pour cela !... Voyons,
Garnerot, si vous vouliez lui glisser deux mots
en ma faveur, lui faire entendre raison...

— Oh ! c'est très délicat, m'sieu Adnesse,
très délicat ! Régine est d'âge à se gouverner
elle-même ; elle me demanderait de quoi je me
mêle... Non, de bon vrai, je ne peux pas me
charger de cette commission-là !

Le père Adnesse n'insista pas : tout perplexe,
honteux de s'être abaissé jusqu'à livrer son secret à ce va-nu-pieds, jusqu'à solliciter son intervention, il restait immobile, le regard obsti-
nément fixé sur la même touffe d'herbe, sans
rien voir, hébété, anéanti.

— M'sieu Adnesse, puisque vous êtes là, si nous
nous occupions des piquets ? demanda Garnerot.

Le pauvre roquentin répondit par un vague
geste d'indifférence, et les deux hommes, escortés de Moricaud, pénétrèrent dans les fourrés du
bois.

Le soleil commençait à s'élever et miroitait
sur l'épaisse verdure encore toute étincelante de
rosée. De toutes parts mésanges et rouges-gorges,

merles, tarins, rouges-queues et fauvettes, contre
qui s'apprêtaient ces barbares embûches, lan-
çaient leurs cris flûtés ou leurs joyeux trilles.
Sur les plus hautes branches d'un chêne voisin,
un couple de geais voletait et braillait, tandis
que, abrité derrière quelque tronc moussu de
mérisier ou de hêtre, un pivert frappait l'é-
corce à coups secs et redoublés.

Garnerot, qui ouvrait la marche, arriva près
d'une petite mare, autour de laquelle les ramil-
les avaient été soigneusement élaguées, le sol
mis à nu, et se disposa à planter ses piquets.
M. Adnesse, toujours silencieux et renfrogné, le
suivait de l'œil machinalement.

— Vous avez tort de vous faire tant de bile,
m'sieu Adnesse. Voyons, saprelotte! Faut se secouer les idées! Nom d'un tonnerre! Ça n'avance
à rien, ces embêtements-là! Si j'y pouvais queuque chose, moi!... Ça m'afflige de vous voir
comme ça, ma parole! Mais je suis sûr que Régine me riverait mon clou : je la connais! Ah! si
elle s'est *ensauvée* à Paris, si elle a tourné comme
elle a tourné, je peux bien le dire, m'sieu
Adnesse, c'est pas ma faute, allez! Nous lui avons
assez prêché la morale! Nous lui avons assez ra-
bâché!... Elle n'a voulu en faire qu'à sa guise.
Ma foi, arrange-toi alors! Ça te regarde! Une

bonne fille tout de même, vous savez! conclut-il, avec la sereine indulgence d'un vrai philosophe.

— Si vous essayiez? demanda timidement M. Adnesse, en qui la compassion de Garnerot venait de réveiller un peu d'espoir.

— Essayer quoi?

— De... l'amadouer.

— M'sieu Adnesse! Je vous répète, c'est si tellement délicat, ces choses-là. Je suis son oncle, ce n'est pas à moi à lui conseiller... Non, vous comprenez bien! La main sur la conscience! C'est de la trop vilaine besogne! Et puis, encore une fois, Régine ne se laisse pas mener comme un *éca-ran* (hanneton) au bout d'un fil, elle a sa caboche — une rude caboche, allez! — et elle me remiserait proprement, aux premiers mots. Vaudrait mieux que ça vienne de vous, m'sieu Adnesse. Je suis certain que si vous aviez bien manœuvré, procédé en douceur, par les sentiments, là, comme il faut! eh bien, vous n'auriez pas si mauvaise mine à l'heure qu'il est!

— Les sentiments? repartit le père Adnesse. Ah! elle s'en soucie bien! Taisez-vous donc! Ce n'est pas cela qui la touche! Je me suis époumonné à lui exprimer ce que je ressens pour elle, à l'implorer... Ah bien oui! Elle ne vise que mon bois de Véel, voilà la vérité. Si je le lui cédais

*gratis* pro *Deo*, à la bonne heure! Ça irait tout
seul !

Tout en se disant que le bonhomme n'avait
pas tort, Garnerot ne sourcilla point. Il avait l'air
d'être tout à fait désintéressé dans la question et
absorbé par la pose de ses piquets. Lorsqu'il eut
achevé ce travail, il se munit de sa serpette et
tailla de courtes brindilles qu'il se mit à planter
en forme de haie autour de la mare.

— Ça vous convient-il comme ça, m'sieu Adnesse? Voyez : j'ai réservé la place pour huit
*rejauts*... Si vous en désiriez davantage?

— Douze cents francs! continuait l'autre. Je
perdais moitié, net! Et elle a refusé! Elle a trouvé
que c'était encore trop cher! Elle m'a congédié
brutalement...

— Nous ne sommes pas des richards, hasarda
Garnerot. Quand on n'a pas la somme... Mais pour
vous, douze cents francs, qu'est-ce que c'est?...

— Comment, qu'est-ce que c'est? Vous êtes fameux encore, vous ! Comme si cet argent n'était
pas aussi bien dans ma poche que dans la sienne!

De nouveau Garnerot s'empressa de rompre
les chiens.

— Vous plaît-il que nous allions dans les sentiers, m'sieu Adnesse, maintenant que la mare
est terminée?

Après avoir cheminé quelques instants à travers bois, ils atteignirent un vaste taillis, dont la lisière avait été, comme les abords de la mare, récemment élaguée et dénudée.

— Je me suis pourtant montré aussi accommodant qu'il est possible, reprit M. Adnesse, pendant que Garnerot arpentait le sentier et, de deux pas en deux pas, alternativement à droite et à gauche, enfonçait ses piquets. J'ai été d'une complaisance, d'un désintéressement!... Pour tout autre qu'elle, je n'aurais pas rabattu un centime. Elle aurait cependant dû me savoir gré... Il n'y avait pas à hésiter! Si elle avait vraiment voulu, comme vous prétendiez, Garnerot, acheter mon bois, c'était le cas, ou jamais! Douze cents francs! C'était donné!

— Ah! m'sieu Adnesse, lorsqu'on n'est pas riche! réitéra Garnerot avec un mélancolique hochement de tête. Dans votre position, vous auriez peut-être pu faire queuque p'tiot sacrifice... Ce que j'en dis là, m'sieu Adnesse, c'est bien sans intérêt! Moi, je suis en dehors... Pas mon affaire, à moi! Je ne cherche pas à vous influencer. Mais, puisque vous aimez tant not' Régine, le meilleur moyen pour vous faire bien venir, c'était d'être gentil avec elle.

— Gentil? On ne pouvait pas l'être plus que

je l'ai été ! A moins alors de lui faire cadeau du bois. Dites-le tout de suite si c'est cela que vous appelez de la gentillesse !

— Là ! Là ! M'sieu Adnesse, vous vous emportez ! Vous vous faites trop de mauvais sang, je vous répète !... C'est ce qui m'ennuie, ce qui m'attriste, parce que... depuis le temps que nous nous connaissons... quoique je ne sois qu'un pauv' bougre, moi !... je vous suis bien attaché, m'sieu Adnesse ; je prends part à tout ce qui vous concerne. Je voudrais tant vous voir dispos, guilleret, en belle humeur, — comme la fois que vous m'avez emmené jeter l'*éprevier* dans le bief de Longeville, hein, vous vous souvenez ? ce petit gueuleton à l'auberge du père Hacquin ? Il y a des années de ça ! Quel boute-en-train vous faisiez !

Plus madré que sa nièce, bien qu'il n'eût pas été comme elle s'affiner et se perfectionner dans le grand tournoi parisien, Césaire Garnerot se gardait bien de contredire ou de heurter trop brusquement son interlocuteur. Il avait pour principes qu'on ne prend pas les mouches avec du vinaigre, qu'il ne vaut rien de fourrer le doigt entre l'arbre et l'écorce, qu'il fait bon reculer pour mieux sauter, et autres adages de même mouture ; et, s'il n'était pas toujours de l'avis du prieur, il savait se taire, ou barguigner, biaiser, tirer de long, tourner autour du pot, et, finalement, attraper pied ou aile. De prime abord, en vertu de cette règle de conduite, il avait blâmé Régine d'avoir si tôt rompu en visière à son adorateur et jeté le manche après la cognée. C'était une sottise ! Il fallait patienter, le retenir, le vieux Crésus, le lanterner, le fatiguer, — « comme quand on a un gros poisson au bout de sa ligne. Si l'on est trop pressé et qu'on le tire tout d'un coup, crac ! ça casse : *pus* personne ! Cours après ! Faut le noyer, l'estourbir auparavant. »

Puis, en y réfléchissant un peu, il avait trouvé que le mal n'était pas si grand, que l'incartade de Régine avait même son bon côté, qu'elle servirait certainement à stimuler le galantin, qui reviendrait, plus affamé et plus furieux, mordre à l'hameçon.

Garnerot, tout en dodelinant de la tête, laissait donc le père Adnesse épancher au hasard, confusément, ses peines d'amour et ses soucis d'argent et ne lui répliquait que par quelque plate doléance ou de mielleuses insinuations. « P'auvre m'sieu Adnesse ! J'connais ça ! J'sais c'qu'on souffre ! Oh ! ça m'fait vraiment peine ! » Il lui reparlait de « queuque p'tiot sacrifice. » —

« Si vous vouliez, m'sieu Adnesse ! I n'tiendrait
qu'à vous !... C'est pas vot' dernier mot, voyons?
Vous qui avez si bon cœur, qui êtes si généreux
et qui pouvez l'être, qui avez *de quoi !*... »

Il le flattait, le flagornait, le cajolait, lui enle-
vait toute excuse, lui coupait toute retraite : le
vieux ladre, empêtré dans les lacs de cette tri-
viale et perfide faconde, ne savait comment se
débattre, à quel diable ou à quel saint recourir,
il était à bout d'arguments et à bout de force.
Mais il ne s'avouait pas vaincu pour cela, il n'é-
tait pas encore près de capituler ; il tenait ferme
et s'entêtait à refuser catégoriquement, énergiquement « de se laisser plumer comme un
dindon ».

— Dites tout ce que vous voulez, Garnerot, je
ne peux pas ! Ce serait de la folie ! Mettez-vous
à ma place ! Examinez vous-même !

— N'suis pour rien là-dedans, moi, m'sieu
Adnesse ! ressassait toujours l'autre. M'en lave
les mains ! C'est pour vous, pour votre tranquillité, ce que j'en dis. A votre place, là, — puisque
vous me faites l'honneur de me consulter, — eh
bien, je crois que... je n'hésiterais pas ! Non, ma
foi ! Quand on a comme vous de la paille dans
ses sabots, qu'on peut se passer ses mille et une
fantaisies, faut pas être trop regardant. V'là mon

avis ! Franc comme l'osier, moi, vous savez ? Mais ça dépend de vous, vous êtes seul juge !... En allant revoir Régine demain ou après, p't'être que ça s'arrangerait...

— Si vous consentiez à lui parler pour moi ? Voyons, Garnerol, ne me laissez pas dans cette torture ! Je vous revaudrai cela ! N'est-ce pas, promettez-moi...

— Vous en revenez toujours là, m'sieu Adnesse. Enfin soit ! soupira Garnerol, qui, tout en rechi_gnant, parut s'apitoyer et se rendre. Puisque vous l'exigez !... Eh bien, oui, nous tâcherons ! Mais c'est bien parce que c'est vous, m'sieu Adnesse, vrai de vrai !

Effarouchés sans doute par ces cyniques marchandages auxquels les échos de la forêt n'étaient pas habitués, linots et pinsons, hochequeues et bouvreuils avaient interrompu leurs gaies vocalises. Le soleil approchait du milieu de sa course et brasillait dans le ciel bleu ; pas un souffle n'agitait ces profondes masses de feuillage, cette voûte immense et verdoyante que la chaleur avait peu à peu transpercée ; tout reposait et sommeillait.

Garnerol était arrivé au dernier sentier ; les préparatifs de la tendue étaient terminés, il n'y avait plus que les raquettes à fixer.

— Ce sera pour demain soir, m'sieu Adnesse ; les gardes rôdent de tous les côtés, pour s'assurer que l'on ne tend pas avant l'ouverture : ce matin, en venant, j'ai rencontré ce grand mandrin de Gisquin, le père, qui m'a lancé un coup d'œil ! Ah ! malheur ! En v'là un qui ne serait pas fâché de vous foutre un procès, si vous n'étiez pas en régle !

On convint de regagner le logis ; le *Pied dégagé* siffla son chien et l'on sortit du bois.

M. Adnesse, réconforté par la promesse de Garnerot, ne tarissait pas d'éloges sur la beauté, la souveraine élégance, les grâces incomparables de Régine.

— Dites-lui bien quel profond amour je lui ai voué, quelle ardente passion me consume ! Je ne vois qu'elle ! Je ne rêve qu'elle ! Oui, Garnerot, c'est ainsi !... Quand elle saura cela, elle s'attendrira, elle aura pitié de moi !...

— Oui, m'sieu Adnesse. Fiez-vous-en à moi, répliquait le drôle. Et il ajoutait en son pardedans : « Cause toujours, va, vieille bête ! Si tu t'imagines qu'à ton âge c'est pour tes beaux yeux qu'on t'aimera, tu te fourres le doigt dans la prunelle, et jusqu'au coude ! »

Lorsqu'ils débusquèrent sur le plateau des Roches, M. Adnesse proposa à son compagnon d'obliquer à droite et d'entrer chez Agrappart, au cabaret des Quatre-Chemins, à deux pas de là, pour vider une canette.

— Pas de refus, m'sieu Adnesse ! Vous êtes bin honnête ! Il fait soif par cette température !

Ils s'attablèrent sous l'une des tonnelles du champêtre estaminet, et le père Adnesse se remit de plus belle à défiler son chapelet de recommandations.

— Elle vous croira, vous, Garnerot ! Vous avez sa confiance ! Ne manquez pas, n'est-ce pas ?... Dites-lui bien...

— Oui, m'sieu Adnesse. N'ayez crainte !

— A propos ! Nous avons notre petit compte à régler. Il ne faut pas oublier cela, hein, Garnerot ? Cela ne ferait pas votre affaire !

— Oh ! avec vous, m'sieu Adnesse, je suis tranquille !

— Nous disons deux cents raquettes à... A combien ?

— A huit francs le cent, m'sieu Adnesse, comme il a été convenu.

— C'est cher tout de même, seize francs !

Il tira de sa veste une bourse de cuir toute graisseuse dont il dénoua lentement et comme à regret les cordons, y prit une pièce d'or qu'il posa devant lui, dévotement, referma la bourse avec soin, la remit en place, la palpa pour s'assurer qu'elle reposait bien sur son cœur et ne courait aucun risque ; puis :

— Tenez, voici vingt francs. Gardez le reste, mon brave ! ajouta-t-il d'un ton magnanime.

Garnerot empocha vite la pièce et se confondit en remerciements.

— Vous êtes trop bon, m'sieu Adnesse, vraiment ! Vous me gâtez ! Mais aussi !... Vous n'avez pas affaire à un ingrat, allez ! Je suis votre homme ! Et je vous le prouverai ! Si Régine ne vous écoute pas, nom d'un tonneau ! ça n'sera pas la faute au *Pied dégagé !* Vous verrez !

— Ah ! Garnerot, je vous en donnerais le double...

Mais le digne oncle l'arrêta d'un geste :

— Parlons pas d'ça, m'sieu Adnesse ! C'est pas pour l'argent : fi donc ! C'est par affection, comme je vous le disais tout à l'heure, par dévouement, parce que ça me tarabuste de vous voir dans cet état, l'âme à l'envers...

— Hélas !

Au loin, la grosse cloche de la tour de l'Horloge sonnait le carillon de midi, signal de la sortie des fabriques et de l'heure du dîner. Garnerot se leva.

— A la vôtre, m'sieu Adnesse !

Ils trinquèrent, et quand, après avoir soldé le cabaretier, le père Adnesse se retrouva sur le chemin avec ce goujat qu'il venait de prendre pour confident, dont il mendiait l'appui, il n'eut pas honte, au moment de le quitter, de lui tendre la main.

— N'est-ce pas, vous êtes mon ami, Garnerot ?

— Vous avez dit le mot, m'sieu Adnesse. Moi, c'était dans mon cœur... j'aurais pas osé ! Mais vous n'êtes pas comme il y en a, vous ! Vous ne méprisez pas l' pauv' monde ! Aussi !... Faudrait me jeter dans le feu pour vous, m'sieu Adnesse, vrai comme il y a un bon Dieu, je n' ferais ni une ni deusse !

## XI

Loin de son entresol de la rue de Laval, Régine, d'ordinaire, se trouvait toute dépaysée et s'ennuyait à mourir. Elle n'avait pas le sentiment de la maternité; elle se serait fort bien passée de son petit Étienne, qui, lui non plus, n'avait pas demandé à naître : elle l'avait accepté comme une charge inopportune et gênante, en maugréant, en rougissant et se désolant de sa malchance, et parce qu'il n'y avait pas moyen de faire autrement et de le jeter à la rue.

A présent même que le bambin s'était vigoureusement développé et était devenu un joli petit gars, aux yeux vifs et caressants, aux cheveux touffus et d'un noir de jais, comme ceux de sa mère, aux bonnes grosses joues fermes et dorées comme un brugnon, resplendissantes de santé, elle n'avait pour lui que de courts et fantas-

ques élans de tendresse, suivis de brusqueries
et de bourrades; elle ne l'aimait et ne le trai-
tait guère mieux que sa petite chienne Chiffonnette.

Elle avait tenu cependant à le sauvegarder des
dangers que présentait la tutelle de l'oncle Garnerot et qu'elle connaissait par expérience; elle
ne voulait pas qu'il musât et vagabondât, comme
elle, jusqu'à ses dix ou douze ans: elle avait
exigé qu'il fût mis en pension, quitte à grever
encore son budget. L'instruction, ça ne nuit
jamais d'abord; et puis, de même qu'elle savon-
nait, parfumait et pomponnait Chiffonnette, elle
entendait remplir consciencieusement ses devoirs
maternels et n'avoir rien à se reprocher.

Mais les vacances étaient longues et c'était vite
fait d'embrasser l'enfant, de s'assurer qu'il se
portait bien, qu'il avait encore grandi, qu'il était
toujours aussi diable, et de se lasser de lui; bien
vite fait de régler avec l'oncle les questions
d'intérêt pendantes et de visiter les deux bicoques
et les trois ou quatre jardinets, terrains et boque-
teaux. Ces « propriétés », tant vantées et magni-
fiées par Régine devant ses envieuses compagnes
du boulevard, étaient de moindre importance que
celles du marquis de Carabas: en quelques
heures, la châtelaine avait parcouru ses domaines

dans tous les sens et sa gloriole possessionnelle était déjà rassasiée.

Elle n'était plus habituée à cette monotone et quiète existence; elle ne trouvait, dans son modeste pied-à-terre et dans son misérable entourage, ni le confort ni les aises auxquels elle s'était acoquinée, aucune distraction, aucun excitant; tout lui manquait, et elle avait hâte de reprendre son envolée.

Les années précédentes, elle n'avait guère prolongé sa villégiature au-delà de quinze jours, et même ce n'était pas sans grand effort qu'elle avait pu atteindre ce terme. Cette fois, à l'ébahissement de l'oncle et de la tante Garnerot, il y avait plus de trois semaines qu'elle était arrivée et elle ne parlait pas encore de son départ.

« C'est sans doute à cause du bois de Véel, pensait le *Pied dégagé*; elle ne veut pas s'en aller avant d'avoir roulé le vieux et arquepincé ses baliveaux. Pas bête, not'Régine ! »

Bien que ce motif ne fût pas étranger à la détermination de la donzelle, il y en avait un autre, moins vénal, partant moins raisonnable et moins digne de l'approbation de l'oncle, qui contribuait plus efficacement à retenir la haute et puissante dame dans ses fiefs. Ce n'étaient pas les nocturnes visites d'Hubert Vauquois, un brave garçon, un ancien camarade, facile et gentil, bon à mettre à contribution de temps à autre, mais qu'elle considérait comme un simple pis aller; encore moins le souvenir du pauvre voyer Collongin, qui avait à peine laissé trace dans sa mémoire; c'était l'enthousiaste et fol amour du petit chevalier Christian d'Autry.

Chaque jour, et plutôt deux fois qu'une, le matin et dans l'après-midi, il s'échappait de la maison paternelle, gagnait le sentier de la vigne, et arrivait tout essoufflé, tout tremblant et joyeux de sa périlleuse escapade, dans le jardin de Régine.

— O le terrible garçon! Si l'on vous voyait!

Et elle le grondait doucement, maternellement, l'engageait «dans notre intérêt, à tous les deux», à faire bien attention, à bien prendre garde!

— Vous êtes mon grand enfant! C'est à moi de veiller sur vous. On n'aurait qu'à savoir que je vous reçois, — les gens sont si méchants! — on n'aurait qu'à prévenir votre famille... Songez! Combien ce serait pénible et cruel d'être séparés!

— Oh! jamais! Pourrais-je vivre sans vous? J'irai vous rejoindre à Paris : je finirai bien par décider mon père à me laisser achever mes études à Sainte-Barbe. Il ne se doute de rien, — de rien absolument! J'en suis sûr. J'ai toujours soin, lorsque je viens, d'attendre que la rue soit déserte, de m'assurer que personne ne peut m'apercevoir.

— C'est cela ! Et si vous entendiez parler de moi chez vous, Christian, quoi qu'on puisse dire...

— On ne parle jamais de vous à la maison : mes parents ne vous connaissent pas. La première fois que je vous ai vue, j'étais avec ma mère, je lui ai demandé qui vous étiez...

— Comment ! vous lui avez demandé?...

— Oui, et elle m'a répondu qu'elle l'ignorait ; elle a seulement ajouté que je ne devais pas vous regarder ni m'occuper de vous, que...

— Achevez donc !

Christian chercha à esquiver la difficulté.

— On aurait cru qu'elle avait le pressentiment de ce qui allait advenir, de l'effet que vous produiriez sur moi.

— Mais vous vous interrompez... Qu'a-t-elle dit encore ?

— Rien.

— Si, il y a autre chose. C'est mon petit doigt qui me l'affirme. Voyons, parlez!

— Non, je vous en prie !

— Oh ! je devine, allez ! Je suis habituée à être jugée sévèrement. Ne craignez rien, parlez donc ! Je ne me formaliserai pas...

— Bien vrai?

— Je vous le promets, — et je vous embrasserai pour la peine.

— Elle a dit que... vous n'étiez pas... une... personne comme il faut.

— C'est tout ?

Christian, honteux, tout triste, baissa la tête.

— Eh bien ! — Donnez, que je vous embrasse d'abord, mon bon bébé : chose promise, chose due ! — Et maintenant, restez là, contre moi... c'est cela ! — Madame votre mère a eu raison, je ne suis pas une femme de mœurs irréprochables, digne d'estime. Hélas ! je le sais mieux que personne ! Je ne sais que trop quelle faute j'ai commise ! — Je vous ai conté ce terrible événement de ma vie, Christian ; je ne vous ai rien caché ! J'avais seize ans, — votre âge, mon enfant, — quand j'ai ajouté foi aux serments de cet homme que j'adorais, qui m'a trompée... Ah ! je ne veux pas en dire du mal, je l'ai tant et tant aimé ! Il est le père de mon fils, d'ailleurs ! Honnie de tout le monde, maudite par ma famille, je me suis enfuie à Paris. Mon séducteur... je l'avais appris trop tard, hélas !... était marié. Je ne pouvais espérer aucune réparation, j'étais condamnée à pâtir toute mon existence de cette faiblesse d'un instant, à traîner mes remords... Le suicide me tentait ! Ah ! mourir, échapper au déshonneur !...

Que de nuits passées à lutter contre ce désir, contre ces lugubres et pressants appels! Comme c'eût été bon d'en finir! Mais je n'avais pas le droit de me tuer, je me devais à ce petit être que je sentais remuer dans mon sein! Je n'étais pas sans ressources, heureusement ; il ne m'avait pas abandonnée tout à fait, lui, cet homme dont j'avais cru devenir la femme, qui m'avait tant de fois juré... Ah! mon Dieu!... Il avait assuré mon sort et celui de son enfant et m'avait suppliée de lui pardonner. Voilà dix ans de cela, Christian, et, vous voyez, j'ai beau me tenir à l'écart, toujours seule, enfouie dans l'ombre et la tristesse, le monde n'oublie pas, la tache est indélébile !

— Ma pauvre Régine ! Et... lui, vous ne l'avez jamais revu ?

— Jamais! A quoi bon? Jamais personne, depuis cette époque, n'a pris place dans mon cœur. Vous êtes le premier. Certes, si j'avais voulu!... Plus d'une main s'est tendue vers moi : mais j'ai repoussé toutes les avances. Oh! non, j'avais trop souffert! Vous, je vous ai accueilli tout de suite... Pourquoi? Je n'en sais rien! J'ai eu tort peut-être! Où cet amour peut-il nous mener? Je suis une vieille femme pour vous, une toute vieille femme !

— O Régine ! Regardez-vous donc ! Vous êtes
aussi jeune que moi ; votre front n'a pas une ride,
vous êtes belle, belle !...

— Je ne veux pas que vous parliez ainsi ! Non,
Christian, il ne faut pas que ce soient d'aussi fra-
giles liens qui vous attachent à moi. Est ce parce
que vous avez de grands yeux bleus, de longs
cheveux blonds bouclés, une jolie bouche et des
dents de perles, que je vous aime ? Oh ! je place
l'amour bien au-dessus de ces éphémères avantages ! C'est parce que vous avez toute la franchise, la grâce, la générosité, l'ingénuité de votre
âge ; c'est parce que vous êtes un bon petit enfant ; — et vous m'écouterez toujours bien, vous
obéirez toujours bien à votre petite mère, n'est-
ce pas ?

Elle s'amusait au possible de cette comédie ;
elle en riait à se tordre, pendant ses heures d'i-
solement et d'oisiveté. Ce n'était pas à Paris,
dans son monde de filles, de gandins et de ruf-
fians, au milieu de toutes ses dépravations, qu'elle
aurait jamais déniché un aussi candide jouven-
ceau, trouvé un tel passe-temps. Non, vraiment,
elle n'était pas pressée de partir, cette fois ; elle
se divertissait et se gaudissait trop bien.

Christian, de jour en jour plus épris, croyait
en elle comme en un Dieu suprême ; il acceptait

comme paroles d'Évangile toutes les sornettes qu'elle lui débitait, buvait comme du lait ses ineptes et mielleux et vénéneux discours. Il s'apitoyait sur elle, l'excusait, pleurait sur son malheur, s'indignait contre cette inique réprobation dont elle était l'objet, la vénérait à l'égal d'une victime et d'une sainte. Sa plus chère ambition était d'adoucir cette souffrance imméritée, d'apporter un peu de joie à cette pauvre délaissée, à cette recluse, de la dédommager, à force de tendresse, de soins, de gentillesse et de dévouement, de toutes les épreuves qu'elle avait traversées.

A plusieurs reprises, il lui avait demandé, et cela sans penser à mal, sans charnelle intention, la permission de venir la voir la nuit. M. et M^{me} d'Autry se couchant de bonne heure, ainsi que leurs domestiques, rien ne lui serait plus facile, lui avait-il expliqué, que de descendre de sa chambre à pas de velours et de sortir par la petite porte du jardin. Régine s'y était énergiquement refusée, bien entendu, et, pour plus de garanties, lui avait fait jurer de ne jamais commettre, de ne jamais tenter une pareille extravagance.

— Vous voulez donc nous perdre, petit malheureux ! Que je sois compromise, que la mali-

gnité publique s'acharne contre moi, oh! cela
me touche peu! J'y suis faite, à toutes ces lâches
calomnies. Aussi, ce n'est pas de moi qu'il s'agit,
mais de vous, mais de vous, imprudent, insensé
que vous êtes! Que l'on vous rencontre le matin
ou l'après-midi, et que l'on vous questionne : vous
n'êtes pas embarrassé de répondre, vous avez
mille prétextes à alléguer. Mais la nuit? Pas un
motif valable, pas une excuse, rien! On ne va
pas courir les bois à onze heures du soir. Vous
êtes pris, pincé net, sans réplique!

— C'est vrai, c'est vrai !

— Et alors, mon pauvre trésor, adieu nos en-
trevues, si chastes pourtant, si peu semblables
à celles que l'implacable malveillance nous attri-
buera; — je connais le monde, Christian, je sais
comment il juge, comment il se comporte! —
adieu nos bonnes causeries! Quel coup terrible!
Voyez un peu à quoi vous nous exposeriez, si
j'avais la faiblesse d'accéder à votre folle demande! Non, pas de sorties nocturnes, vous entendez? Je ne veux pas! Et si vous veniez à
enfreindre ma défense, ce serait peine inutile, je
vous en avertis, je ne vous recevrais pas.

Si souriant et tentant que fût ce projet, à cause
même des dangers qu'il présentait, Christian y
renonça non seulement sans regret, mais en se

félicitant d'avoir consulté au préalable la haute
sagesse de son amie. Il évita ainsi et lui épargna
à elle-même le fâcheux accident qu'elle appré-
hendait, — une arrivée en trouble-fête au milieu
des amours de Régine et d'Hubert.

Docile à toutes ses volontés, soumis à toutes
ses exigences, à tous ses caprices, et heureux de
son servage, il s'offrait à elle comme une cire
molle, vierge de toute empreinte, et qu'on peut
pétrir et façonner à son gré. Il avait pour elle
les plus délicates attentions, les plus ingénieuses
prévenances, ne cherchait qu'à lui complaire en
tout, par-dessus tout, à lui témoigner sa recon-
naissance, son amour, son culte. C'était réelle-
ment, ainsi qu'elle le disait, un bon petit enfant.

Aucune sensuelle convoitise ne se mêlait
d'ailleurs à cette profonde et aveugle tendresse.
L'innocence de Christian avait été jusqu'alors
préservée de toute atteinte; il avait d'exquises
naïvetés, d'adorables ignorances qui faisaient les
délices de Régine, la stupéfiaient et l'émerveil-
laient. Non, jamais elle n'avait vu, jamais elle
n'avait supposé qu'il pût exister, en pleine ado-
lescence, un aussi parfait chérubin, un aussi
charmant petit nigaud !

Mais, quand bien même il n'eût pas eu cette
simplesse et se serait senti aiguillonné par quel-

que impur désir, il aurait repoussé cette infernale tentation, terrassé et étouffé le malin esprit. Pour rien au monde, il n'eût voulu profaner son idole, la faire choir du piédestal où il l'avait placée, où elle s'était elle-même juchée plutôt.

Il se trompait néanmoins en s'imaginant que ses parents n'avaient aucun soupçon, n'éprouvaient nulle inquiétude à son sujet. Ils étaient, au contraire, très intrigués et alarmés des changements qui s'étaient produits en lui et qu'il aurait fallu être aveugle pour ne pas remarquer. Lui, si doux, si expansif, d'humeur si cordiale et si enjouée, il était devenu tout à coup distrait, morose, taciturne, sauvage ; il n'apparaissait plus à la maison qu'aux heures des repas ; on le surprenait à errer tout rêveur au fond du jardin, dans les allées les plus retirées ; et ces sorties continuelles, ces promenades de chaque matin et de chaque soir dans les bois du Haut-Juré, sur la route de Combles ou les friches de Savonnières, qu'est-ce que cela signifiait ?

Deux incidents, qui semblaient en complet désaccord l'un avec l'autre et dénotaient d'étranges inconséquences dans les idées de Christian, avaient encore accru la perplexité du baron et de la baronne d'Autry.

D'abord, cette lubie d'aller poursuivre ses

études à Paris. Lorsque le petit chevalier avait quitté le collège de la Malgrange et avait su qu'il n'y rentrerait pas, qu'il achèverait au lycée de sa ville natale la préparation de ses examens, il s'était montré enchanté de cette décision. « Quel bonheur! Au moins je serai près de vous! » s'était-il écrié en sautant au cou de son excellente mère.

Et voilà maintenant qu'il prétendait que l'enseignement du lycée de Bar était insuffisant; que, pour se présenter à l'École polytechnique et avoir des chances de succès, il était nécessaire, indispensable, de fréquenter les grands établissements de Paris, Charlemagne, Saint-Louis ou Sainte-Barbe; qu'il était certain d'avance d'être retoqué si l'on ne faisait pas droit à sa requête!

D'après cette suggestion et ces instances, M. et M^me d'Autry auraient pu supposer que leur fils s'ennuyait près d'eux, dans leur solitude, et avait besoin de mouvement et de diversions; mais pas du tout!

Il avait été convenu depuis longtemps qu'il irait passer une partie de ses vacances à Lille, où l'intendant de Vannoy, son beau-frère, était alors en résidence; Christian avait accueilli ce projet comme le précédent, avec enthousiasme, et il ne voulait plus en entendre parler à présent.

Il avait à travailler, disait-il ; il ne perdait pas son temps dans ces longues promenades qu'on avait l'air de lui reprocher, il emportait toujours un livre avec soi ; au lieu que là-bas, chez sa sœur, il lui serait impossible d'étudier, et ses examens se trouveraient par suite retardés.

Ce beau zèle s'était trop subitement déclaré pour être la cause réelle de cette double résolution ; en tous cas, il n'expliquait point les mornes silences et les allures mélancoliques de Christian, cette sorte de méfiance, ce spleen et cette hypocondrie qui s'étaient emparés de lui. Il y avait autre chose, M. et M^{me} d'Autry en étaient convaincus, mais quoi ?

— C'est sans doute la croissance ; ce cher petit subit la crise de son âge, insinuait le baron.

Jamais la pensée ne leur serait venue que ce fils si bien élevé, tenu et chaperonné comme une demoiselle, couvé avec tant de sollicitude et d'amour, si pénétré de la dignité de sa race, si imbu des salutaires principes de la religion, s'était amouraché de la fille Garnerot, de cette « malheureuse » dont les jupes de soie scandalisaient tout le quartier, au dire de la domesticité, mais qu'ils avaient à peine entrevue, qu'ils connaissaient à peine, eux ; et que c'était chez elle, aux pieds de cette drôlesse, qu'aboutis-

saient toutes les belles et studieuses excursions
du « cher petit ».

Il ne se lassait pas de la contempler, de se
frôler à elle, de se repaître de ses anodines
caresses et de ses maternelles cajoleries. Jamais
il ne pouvait se décider à partir ; elle était obligée
chaque fois de le congédier, de se fâcher presque.

— Christian, vous n'êtes pas raisonnable ! Vos
parents finiront par trouver que vos absences se
prolongent trop... On vous mettra sous clé...
Voyons, mon trésor, allez-vous-en ! Demain vous
reviendrez...

— Encore un petit moment, ma bonne Régine,
je vous en prie !

— Oh ! je les connais, vos petits moments, ils
durent des heures entières ! Non, sauvez-vous !
Tout de suite ! allons !

Il aurait voulu passer sa vie dans cette extase
délirante, dans cette ivresse.

Si charmée qu'elle fût par ses naïvetés, Régine
ne se contraignait pas devant lui et n'avait nul
souci de l'innocence de cet enfant. Parfois même
elle s'impatientait ; cette innocence commençait
à lui peser ; trop de respect, à la fin, trop de
lyrisme et d'idéal, trop de culte ! Il était fasti-
dieux de filer ainsi le parfait amour sans dis-
continuer ; elle aspirait à voir Christian s'éman-

ciper un tantinet, se dégourdir, et elle était toute prête à l'y aider.

Le matin, lorsqu'il arrivait, presque toujours il la surprenait encore couchée et à demi endormie, ou occupée à sa toilette, épaules et bras nus. Elle n'avait garde de le laisser à l'écart.

— Approchez, n'ayez donc pas peur... On ne vous croquera pas, grand bébé !

Et elle le forçait à s'asseoir sur le bord du lit, ou bien elle le priait de remettre cette brosse en place, de lui apporter sa boîte à épingles, de lui dénouer ce maudit cordon dont elle ne pouvait venir à bout. La mate blancheur de ces belles chairs, ces contours si délicatement modelés, fermes et satinés, les pleines rondeurs de cette gorge qui gonflait et entrebâillait le limon de la chemise et pointait, sous les broderies, comme un bouton d'églantine, toutes ces luxurieuses nudités éblouissaient le pauvre petit chevalier, le fascinaient et le terrifiaient, l'affolaient.

— Eh bien, qu'avez-vous donc? O le vilain, qui inspecte mes épaules! Elles sont bien maigres, bien chétives, n'est-ce pas? De vraies salières! Donnez vite que je les couvre! Quand une dame s'habille, on ne regarde pas, monsieur !

Ou encore :

— Vous voyez comme j'ai confiance en vous ?

Je vous admets là, dans une intimité !... Je devrais vous consigner ma porte. Plaignez-vous ! Dites que je ne suis pas charitable ! C'est même d'une imprudence !... Je vous traite sans façon, en petit mari, tout à fait !

Elle cherchait à l'émoustiller par ses savants badinages, par mille traîtresses agaceries ; elle s'était mis en tête d'éveiller les sens de ce joli blondin, juré de déniaiser ce chaste agneau ; il lui fallait cette fleur, et elle l'aurait !

— Nous verrons bien si j'en suis pour mes frais ! Ah ! ce serait trop cocasse, ma parole ! Je ne peux pourtant pas le prendre de force ! Il faut qu'il y mette du sien !... Quand tu auras l'âge du père Adnesse, mon petit, tu ne lanterneras pas tant, va ! — ou bien c'est que... plus moyen de moyenner !

Et ce qu'elle se faisait de bon sang, ce qu'elle se donnait de bosses de rire !

Avec ses pervers instincts de fille, elle avait besoin de tout ternir et souiller autour d'elle : c'était comme une revanche qu'elle prenait.

Ce fut par une tiède après-midi, derrière les volets bien clos, dans l'ombre et le silence de la coquette chambre bleue. Ils étaient sur le canapé, blottis l'un contre l'autre, sans parler. A travers

le léger tissu du peignoir, il sentait comme à nu
la moite douceur et les robustes et flexibles
ondulations de ce corps junonien. Le parfum de
lavande et d'ylang-ylang qui se dégageait d'elle,
la fine odeur de sa chevelure le grisaient, et il
était tout frissonnant et pantelant.

Elle se serrait de plus en plus contre lui et le
regardait de tout près, dans les yeux, — un
regard fixe, obstiné, tout baigné de langueurs et
tout chargé de flammes, qui filtrait perfidement
à travers ses cils demi-clos.

Peu à peu elle passa son bras derrière lui, autour
de son cou; et soudain, comme saisie d'un fiévreux
transport, elle l'étreignit, lui renversa la tête et
colla ses lèvres sur les siennes ; puis elle se glissa
félinement, audacieusement, et, — comme dit en
pareil déduit et après plus de détails le brave
évêque et maître écrivain, Jacques Amyot, —
nature fit le reste.

## XII

Garnerot n'avait pas manqué de rapporter à à sa nièce l'entretien qu'il avait eu au bois de la Vierge avec le père Adnesse, et il avait joint à ce récit certaines recommandations bien peu conformes aux promesses que le vieux drille avait obtenues de lui.

— Puisque t'as tant fait que de le rabrouer, continue, ma fille ! Bronche pas ! Laisse-le piauler, ce gros vilain merle ! Faut qu'il crache au bassinet, nom de nom ! Et il y crachera : ça ne dépend plus que d' toi ! Ainsi, veille au grain, ouvre l'œil, pas d' blague, ma petite ! L'affaire est dans le sac, tiens bon, v'là tout !

Vraiment, le père Adnesse avait bien choisi son mandataire ! Il fallait être aussi féru d'amour qu'il l'était, aussi à court d'expédients, désorienté et ensorcelé, pour s'imaginer que Garnerot, ce

rusé chenapan, tout fier et reconnaissant de cette
haute confiance, de cette soudaine et insigne
camaraderie, irait prendre parti contre sa nièce,
c'est-à-dire contre lui-même et ses propres intérêts. Et le vieux barbon n'en avait pas le moindre doute pourtant, il se reposait entièrement
sur le bon vouloir, l'habileté et l'influence de ce
cher ami, il ne s'apercevait même pas de ce qu'il
y avait d'ignominieux dans ce rôle d'entremet-
teur qu'il lui avait fait accepter ; il ne considérait que sa passion : c'était son idée fixe, le but
où convergeaient maintenant — sauf le droit de
priorité réservé à ses écus mignons — toutes ses
pensées et tous ses actes, et, pour y atteindre
sans bourse délier, peu lui importait le moyen,
rien ne lui répugnait.

Le soir même, espérant que Garnerot avait déjà
rempli sa mission, il était accouru chez Régine.

— Encore vous ! Qu'y a-t-il pour votre service ?

— Permettez-moi d'entrer... Nous causerons...
J'ai à vous parler...

— De votre bois, encore ! Vous savez mes conditions ? Tout ou rien ! C'est à prendre ou à
laisser !

Et comme il ne se décidait pas à répondre et
cherchait à pénétrer dans le corridor, elle avait
brusquement fermé la porte. Il avait même en-

tendu de ses deux oreilles certaine phrase qu'elle
avait lancée à la cantonade, en s'éloignant :

— Ah! il me bassine, ce vieux-là !

Il s'était rejeté sur l'oncle alors, et celui-ci,
au lieu de panser la blessure, l'avait traîtreuse-
ment avivée.

— Sans doute que j'ai plaidé votre cause,
m'sieu Adnesse ! — Vous savez, moi, homme de
parole, toujours ! — Mais du diable si l'on m'y
reprendra ! Ah ! je m'en doutais ! Je vous l'avais
bien dit, m'sieu Adnesse !... J'ai été joliment reçu,
allez ! Elle m'a flanqué mon paquet, ça n'a pas
fait un pli ! Nous avons même failli nous brouiller :
elle m'a traité !... Oh ! comme le dernier des derniers !... V'là le résultat ! Comme c'est agréable !

— Cependant, vous êtes son oncle... Elle
devrait...

— Eh ! c'est bien pour ça ! Elle trouve que
c'est à moi moins qu'à tout autre à lui faire de
pareilles propositions... « Ah ! tu manges de ce
pain-là ? Tiens ! Tiens ! Tu as choisi un beau
métier ! Mes compliments, mon oncle !. . » Tout
à fait ce que j'avais prévu, quoi ! m'sieu Adnesse ! Elle m'a même demandé combien ça me
rapportait, c'que vous m'aviez donné pour le...
le... le courtage, qu'elle appelle ça. Quand c'est
uniquement — vous êtes là pour le dire, m'sieu

Adnesse! — uniquement par amitié pour vous, par bonté d'âme, parce que ça me faisait gros cœur de vous voir avec tout ce tintouin... Ah! on ne m'y repincera plus, je vous le garantis!

— Mon bon Garnerot, voyons! ne m'abandonnez pas! Que deviendrais-je? Je suis aux cent coups!... C'est qu'elle ne veut même plus m'écouter! Elle vient de me claquer la porte au nez, dès les premiers mots... Je n'oserai plus me représenter, je ne peux plus! Ah! mon Dieu! mon Dieu!...

— M'sieu Adnesse, si vous m'en croyez, n'est-ce pas? eh bien, vous en ferez votre deuil! N'y pensez plus, quoi! v'là tout, c'est bien simple!

— Eh!... J'y ai taché déjà!... J'essaye de me raisonner, de me remonter. C'est plus fort que moi!

— Ta, ta, ta! Êtes-vous un homme, oui ou non, sac à papier? Faut pas nous laisser tourner en bourriques par ces satanés cotillons! Faut se montrer ce qu'on est, nom d'une pipe! Comme je vous le contais encore à ce matin, not' Régine, c'est pas une mauvaise fille, mais elle a une caboche!... Vous n'en viendrez pas à bout. Elle a envie de vot' bois, ça, c'est positif, elle y tient; et elle prétend que si vous aviez pour elle autant d'amour que vous le dites, vous n'hésiteriez pas à lui donner cette pauv' petite preuve d'affection.

— Pauvre petite preuve! Un bois de...

— Ce n'est pas moi qui parle : je vous répète ses paroles, m'sieu Adnesse... Que ça ne vous coûterait pas grand'chose, à vous qui remuez l'argent à la pelle...

— Mais non, Garnerot! Vous savez bien que non!

— Oui, m'sieu Adnesse, je sais! Aussi je l'ai bien remontré à not' Régine : on exagère toujours! Mais elle s'ostine... « Si j'ai des gentillesses pour lui, c'est bien le moins qu'il en ait pour moi! » qu'elle réplique comme ça. Elle n'en démord pas. V'la pourquoi je vous engage, m'sieu Adnesse, à quitter la partie et à vous tenir tranquille. Régine ne va pas tarder à s'en retourner à Paris, c'est l'affaire de quelques jours...

— Comment! elle va...

— Encore une huitaine, m'sieu Adnesse, et elle ne sera plus ici. Vous voyez, vous n'aurez plus alors de motifs... Vous l'aurez bien vite oubliée! Il n'y paraîtra plus.

C'était le coup de massue, la flèche du Parthe. A la fois étourdi, assommé, et le cœur transpercé des plus âpres et des plus cuisants désirs, M. Adnesse s'éloigna, sans ajouter une dernière adjuration, omettant même de serrer la main de ce brave Garnerot, ne sachant plus à quel saint se vouer.

Il n'y voyait plus, tout dansait autour de lui; un frisson glacial l'avait saisi et lui courait le long des épaules et des bras, jusqu'au bout des doigts: pour la première fois de sa vie, il se sentait malade, malade à mander le médecin et à s'aliter. Non, il n'y résisterait pas, cela ne pouvait durer!

M<sup>me</sup> Adnesse et Eulalie, alarmées de sa mauvaise mine, s'empressèrent auprès de lui et le questionnèrent. Où souffrait-il? Voulait-il qu'on lui préparât une tasse de tilleul ou de fleur d'oranger? Mais il les repoussa, les envoya «paître», et s'enferma dans sa chambre.

Évidemment, ce qu'il avait de mieux à faire, c'était de se désister de son projet, de ne plus penser à cette pécore, à cette gaupe, cette drogue, cette toupie, cette... — les gentils petits noms ne lui manquaient pas. — Mais Garnerot en parlait bien à son aise! On ne s'arrache pas du cœur ainsi à commandement une espérance qu'on s'est tant plu à nourrir et à caresser, une convoitise aussi ardente et aussi tenace.

Cette passion ne ressemblait certes guère à celle que le jeune Christian éprouvait pour Régine : nul respect, nulle estime, nulle sympathie

ne s'y mêlaient ; rien ne la relevait ni ne l'épurait.
Le père Adnesse était trop vieux routier pour
s'amuser au sentiment et donner dans toutes ces
balançoires. Mais quoique sensuel, ou plutôt
parce qu'il n'était que sensuel, cet amour le tour-
mentait, le rongeait, l'affolait au possible.

En proie à cet âpre désir, à cette bestiale
ardeur, d'autant plus cuisante et plus furieuse
qu'il ne pouvait l'assouvir, le malheureux pos-
sédé se démenait, tournait tout autour de sa
chambre, comme un fauve dans sa cage, jurait
et rugissait, apostrophait son bourreau, cette
« bougre de gueuse », qu'il aurait nommée sa
mignonne, sa toute belle, sa reine et sa divinité, si
elle eût été présente, aux pieds de laquelle il se
serait roulé en suppliant, et la criblait d'insultes
et d'immondes épithètes.

Ah ! si, pour la tenir là, pour l'avoir, il lui eût
suffi de donner, non pas une part de son magot,
— non, cela, impossible ! c'eût été pire que la
mort ! — mais le quart, la moitié des années qui
lui restaient à vivre !

Il l'évoquait, il se l'imaginait près de lui, la
revoyait dans son imposante et provocante prestance, avec son sourire hardi et fripon, ses lèvres
courtes, rouges et charnues comme une guigne,
si tentantes au baiser, si affriolantes ; ses joues

mates, veinées de bleu sur les tempes ; son cou potelé ; ses bras si fermes et si blancs. Il la déshabillait, la contemplait de la tête aux talons, se ruait sur ce corps marmoréen, sur cette chair fraîche et satinée, fleurant bon, délicieuse et superbe, l'étreignait, s'y pâmait et s'y fondait tout entier en des embrassements frénétiques, lancinants et exténuants, atrocement douloureux, — et illusoires, hélas !

Une chose surtout le charmait en elle et l'excitait, l'enflammait de désirs ; c'était sa taille, cette taille ronde et svelte, toute mince, que la robuste saillie des hanches et la puissante ampleur de la poitrine faisaient paraître encore plus fine et plus flexible. Il y songeait sans cesse, la prenait, l'enserrait entre ses deux mains, la sentait frémir sous les papilles de ses doigts, ployer et se redresser... Et ce n'était qu'un rêve ! Jamais il n'aurait ce bonheur, jamais il ne savourerait cette suprême ivresse !

Toute la nuit s'écoula dans ces vertigineuses obsessions. Il venait de s'assoupir, le matin, lorsque M^me Adnesse, toujours inquiète, la brave femme, de l'état de son mari, voyant passer le docteur Drouin, le pria d'entrer et le conduisit à la chambre de « monsieur ».

— Mais je n'ai rien ! Pourquoi l'avises-tu de

déranger le docteur, sans que je t'en aie chargée ?
s'écria-t-il, en tâchant de se contenir pourtant et
de faire bon visage à M. Drouin. Voilà bien les
femmes ! Toujours douillettes et geignardes !
Parce que hier soir j'avais un peu de migraine...

— Mais, Narcisse, j'étais dans des transes !
Jamais cela ne t'arrive ! Tu t'es couché sans
souper ; je t'ai entendu te lever plusieurs fois
dans la nuit, remuer, marcher... Je serais venue
même, si je n'avais craint de t'importuner... Tu
as encore la figure toute décomposée...

— Tais-toi donc !

— N'est-ce pas, docteur ? Regardez !

— Vous ne voulez pas qu'on vous croie malade,
tant mieux ! dit M. Drouin. Cependant, Madame
n'a pas tort, vous avez les yeux battus, le teint
bilieux... Voyons la langue ?... Votre main, à
présent ?... Vous avez une fièvre de cheval, mon
cher monsieur Adnesse, quatre-vingt-quinze
pulsations à la minute ! Et vous trouvez que ce
n'est rien ? Je vous défierais bien de traverser la
place Saint-Pierre en droite ligne, sans chavirer !

— Peuh ! ça se dissipera !...

— Il faut vous purger, et dès aujourd'hui,
séance tenante. Huile de ricin, eau de Sedlitz,
limonade de Roger, qu'est-ce que vous préférez ?
L'huile de ricin vaut mieux, et pourvu que mes

malades la prennent sans trop de répugnance,
c'est toujours ce purgatif que je leur conseille.

— Merci bien, docteur ! Je ne me suis jamais
administré de ces saletés-là, et je n'ai pas envie
de commencer !

— Envie ou non, vous avez besoin de recourir
à ces... saletés-là, et sans différer, croyez-moi.
Ce n'est qu'une indisposition que vous avez ; mais,
toute bénigne qu'elle est, encore faut-il la combattre. Si elle se prolongeait, si elle s'aggravait,
vous seriez bien avancé !

— Vous pensez que cela peut... s'aggraver ?

— Sans contredit, si vous refusez toute médi-
cation !

— Eh bien, soit ! Puisque vous ordonnez !

— Oui, oui ! Il est plus facile, voyez-vous, de
prévenir les maladies que de les guérir, selon la
remarque d'un de mes plus illustres confrères.
Une simple précaution nous épargne souvent
des mois de souffrance. Aussi, n'hésitons pas...
Allons, bon courage ! Demain, en faisant ma
tournée, j'entrerai... Cela ira mieux, je vous en
réponds !

M. Drouin parti, M<sup>me</sup> Adnesse envoya aussitôt
la servante chez le pharmacien et confectionna
une pleine potée de bouillon aux herbes ; mais,
malgré les judicieux avertissements du docteur

et quoi qu'il eût promis, le père Adnesse déclara
derechef qu'il ne prendrait rien, qu'il n'avait
besoin que d'une chose, — d'être tranquille, et
qu'en conséquence on voulût bien ne pas l'embêter
plus longtemps, sous peine de recevoir à la tête
toutes les drogues qu'on lui apporterait.

— Mais, mon ami, cependant !... Si tu venais
à tomber malade dangereusement ?... Tu as
entendu M. Drouin ?

— Qui t'avait priée de m'amener cet âne-là,
dis, grosse bête ? De quoi te mêles-tu ? Fiche-moi
donc la paix, une fois pour toutes, tonnerre de
Dieu !

— Narcisse, je t'en prie ! Tu ne te vois pas, tu
as les traits tirés, tu es méconnaissable ! Je t'assure
qu'il y a de quoi s'inquiéter !...

« Ouais ! suis-je donc vraiment en si piteuse
condition ? pensa le vieux rageur. Si le mal empi-
rait, tout de même ? Si... Si j'étais menacé...
Diantre !... »

Cette appréhension le radoucit sur-le-champ.

— Attendons à demain, répliqua-t-il ; nous
verrons comment je me trouverai...

— Pourquoi retarder ? Le plus tôt sera le
mieux !

Mais M^me Adnesse eut beau prêcher, il s'entêta
dans sa résolution ; et, comme il recommençait à

s'impatienter et à élever la voix, elle mit fin à ses discours et se retira.

Alors, de nouveau, la pensée du père Adnesse s'envola vers Régine, et les visions et les cauchemars qui l'avaient poursuivi toute la nuit revinrent l'assaillir.

— Ah çà, mais! où en suis-je ? Jamais je n'ai éprouvé cela... Qu'est-ce que ça signifie? Ma femme a raison, le docteur Drouin non plus ne s'y trompe pas : je suis tout fiévreux.. Je vais tomber malade, c'est certain!... Et cela à cause d'une guinche qui me fait poser, qui ne cherche qu'à me soutirer le plus qu'elle peut! Ah! la rosse!... C'est égal : quelle belle fille! Quelle admirable carnation! Quels yeux! Et ces épaules, cette gorge, cette taille! Ah! sacredié ! Laissez échapper une telle conquête, quand il suffirait !...

Il n'y résista plus. Après avoir lutté une partie de la journée, s'être arraisonné et éperonné ainsi tour à tour, il sortit, traversa sans biaiser ni trébucher, malgré le défi du docteur Drouin, la place Saint-Pierre. descendit la rue des Ducs et pénétra dans l'étude de Mᵉ Tabourin, son notaire.

Un petit saute-ruisseau, qui feignait de griffonner et sommeillait sur une longue table, dans un angle de la salle, se leva et l'introduisit dans le cabinet du patron.

— Ah ! monsieur Adnesse ! Quel bon vent vous amène ?

On échangea une poignée de main et le tabellion s'enquit de la santé de son client.

— Seriez-vous souffrant ? Vous avez l'air fatigué, bouleversé...

Lui aussi ? Décidément !

— Non, non, pas du tout! se hâta de répondre M. Adnesse.

Et, d'emblée, il entra en matière.

Une donation pure et simple, lorsque la donataire était, au su de tout le monde, une femme galante, une exploiteuse d'amour, il n'y fallait pas songer. C'eût été se démasquer, s'afficher trop ouvertement. Il n'était pas difficile d'ailleurs de recourir à un autre tempérament et de sauvegarder les apparences. Au fond, M⁰ Tabourin ne serait peut-être pas dupe du stratagème; mais qu'importe! Il n'aurait rien à objecter; il devait croire ou faire semblant de croire ce qu'on lui racontait.

Le père Adnesse raconta donc qu'il avait trouvé une occasion... une occasion magnifique, inespérée, de vendre son bois de Véel : deux mille cinq cents francs payés comptant, de la main à la main. L'acquéreur était (hum! hum!) la demoiselle Garnerot (la nièce du *Pied dégagé*, du

Jard, vous connaissez?), domiciliée à Paris. Il
venait, en conséquence, prier M⁰Tabourin de faire
libeller l'acte de vente, et cela le plus tôt possible, parce que cette personne devait quitter
Bar très prochainement.

— A quelle heure pourrai-je avoir cet acte?
ajouta-t-il.

— Comment, à quelle heure ? se récria le
notaire, justement étonné de cette précipitation.
Mais, mon cher monsieur Adnesse, il faut que
l'acquéreur comparaisse devant moi, que je sache
s'il consent...

— Pardi oui! elle consent! Encore plutôt! Si
je lui vends, c'est qu'elle achète !

— D'accord, mais enfin il y a là une formalité
indispensable, vous ne l'ignorez pas : ce n'est pas
la première fois que vous traitez un marché et
avez recours à mon ministère.

— Je ne réfléchissais pas... C'est vrai ! Bien ! Je
m'en vais la prier de passer...

— Ou amenez-la-moi. Et puis vous me laisse-
rez bien le temps d'envoyer l'acte à l'enregistrement et à la transcription des hypothèques?

— Et quand l'aurai-je ?

— Dès que la partie prenante m'aura fourni
son acquiescement, nous procéderons. Cela
demandera une journée ou deux, probablement.

— Mais sacré bigre! Pas moyen d'atttendre ! M^lle Garnerot va partir, comme je vous ai dit.

— Qu'elle vienne ce soir alors, ou demain matin, sans faute. C'est elle seule qui nous retarde. Je mettrai à vous contenter toute la diligence nécessaire, croyez-le bien. L'enregistrement et la transcription pourront, à la rigueur, s'effectuer demain dans l'après-midi, et je ferai aussitôt porter l'acte à M^lle Garnerot.

— Non, non, pardon ! chez moi ! J'aime mieux... Je le lui remettrai.

— Bien ! Et le reçu ?

— Quel reçu ?

— Celui du montant de la vente!

— Vous le mentionnerez dans l'acte. Soyez sans crainte : payé rubis sur l'ongle, argent contre titres. Les frais sont à ma charge.

Et, pour éluder toute autre question, M. Adnesse prit congé du notaire.

— Chez moi, n'est-ce pas ? demain soir ?... répéta-t-il sur le seuil de la porte.

— Oui, monsieur Adnesse. Je vous salue bien.

Il lui tardait d'annoncer à Garnerot « la bonne nouvelle ». Il se sentait tout à fait remis, tout ragaillardi; il avait retrouvé ses jambes de vingt ans, et il allait, il courait comme un dératé.

Si quelque remords, un regret, une circonspecte et sage réflexion venait soudain à se faire jour dans son esprit, vite il refoulait cette voix mportune. Certes, c'était dur, oh! oui ; bientôt peut-être il se repentirait... Tant pis! Ce n'était pas en arrière qu'il devait regarder, mais devant lui, vers le but si ardemment pourchassé, la récompense si avidement convoitée. Il y touchait enfin, ses vœux allaient être exaucés... Foin de la raison et de l'intérêt, de ces calculs et de ces craintes, de tous ces trouble-fête!

Et il se secouait, s'ébrouait, pour se débarrasser de ces tracassantes objurgations ; il s'étourdissait ; il voulait être tout entier à son bonheur, le goûter pleinement, sans mélange ; d'avance il y rêvait, s'y plongeait et s'y délectait.

Garnerot, toujours sur ses gardes, et soigneux de ne pas se compromettre, écouta froidement le récit du père Adnesse. Peu s'en fallut même — comme s'il n'eût pas été le promoteur de l'affaire, comme si le « ptiot sacrifice » n'eût pas été conseillé, insinué par lui — qu'il ne grondât le bonhomme de sa générosité.

— J'suis en dehors, moi, m'sieu Adnesse! Comme je m'échigne à vous dire, ça n'me regarde pas! C'est entre vous et ma nièce... Pour sûr, elle sera rudement contente, quand je lui

apprendrai ce que vous faites pour elle ! Va-t-elle
vous remercier ! C'est vraiment gentil, m'sieu
Adnesse ; c'est trop même, c'est trop !... Peut-
être que vous avez agi un peu... Je n'étais pas
tout à fait d'avis, moi... Vous vous souvenez ?...
Hier encore nous en causions... Enfin, vous n'avez
voulu écouter que vot' bon cœur ! Et puis, pour
vous, un bois d'plus ou d'moins, baste ! C'est
pas ça qui vous gène, *nomme* donc !... Et pour
lors, faut que j'lui dise d'aller demain chez m'sieu
Tabourin ?...

— Oui, demain matin, sur les neuf heures. Il
est trop tard aujourd'hui, sans cela !... N'oubliez
pas, Garnerot ?

— Pas de danger !

Il n'osait toujours pas retourner chez Régine. Chat échaudé craint l'eau froide. Il avait
peur qu'elle ne ne lui permit pas de s'expliquer
et ne lui rompît en visière de prime abord. Il
valait mieux, il était même nécessaire, pensait-
il, que sa libéralité lui fût préalablement annon-
cée par ce cher oncle, qu'il l'avertît de sa visite
et préparât ainsi les avenues.

Il était tellement impatient de la revoir néanmoins qu'il ne pouvait se résoudre à attendre au
lendemain.

Au lieu de regagner sa demeure, il gravit la

côte de Pilviteuil et erra jusqu'au coucher du
soleil sur le plateau des Roches et la lisière des
bois du Juré. Lorsqu'il supposa que Régine s'é-
tait, comme de coutume, rendue chez le braconnier et était en train de souper, il rebroussa chemin et vint se poster aux alentours de la maison.
Ses yeux ne quittaient pas le fangeux corridor,
au fond duquel pointait la clarté crépusculaire
de la cour. Il s'agitait, grognait.

— Dépêche-toi ! Dépêche-toi donc !

Enfin elle apparut. Il s'élança sur ses pas.

— Régine !

— Ah ! c'est vous ? Vous vous êtes donc décidé
à vous fendre, paraît-il ?

— Me... quoi ?... balbutia-t-il, interloqué de
ce début.

— A financer, à foncer, à casquer, si vous aimez mieux. Puisqu'il fallait en venir là, il était
bien plus simple, cher monsieur, de vous y rési-
gner tout de suite ; vous nous auriez épargné à
tous deux des scènes désagréables...

— Vous ne m'en voulez plus ?

— Heu ! Heu !... Je vous dirai cela demain,
reprit-elle en minaudant. Nous verrons si vous
méritez d'être pardonné, vilain méchant ! Mon
oncle m'a fait part de la gracieuse surprise,
ajouta-t-elle. Je vous en remercie d'avance, et

j'espère bien qu'à l'avenir il n'y aura plus de malentendus entre nous ; nous serons bons amis, comme vous me le demandiez.

Et elle lui tendit sa blanche main qu'il s'empressa de saisir et de porter à ses lèvres.

— Oui, n'est-ce pas ? Vous ne me repousserez plus, Régine, vous ne me traiterez plus aussi cruellement ?... Ah ! vous m'avez bien fait souffrir ! Jamais, jamais je n'avais enduré pareille torture ! Vous ne pouvez pas vous imaginer, Régine, non, vous ne pouvez pas !... quelles angoisses, quel supplice, dans quel état... Ah ! mon Dieu !... Je vous aime tant !...

Il avait gardé sa main dans la sienne et il la serrait fébrilement et la dévorait de baisers.

Elle le laissait faire, elle le laissait soupirer, jérémier, dégoiser à son gré ses chagrins et son amour, sans l'interrompre, sans l'écouter, les regards machinalement tournés vers le ciel, comme si elle se fût amusée à compter les étoiles.

Ils avaient suivi la rue de Naga, atteint les confins de la ville, et ils marchaient à petits pas sur l'herbe d'un talus, dans le silence et la pénombre des champs.

Lorsqu'elle jugea la promenade suffisante, — ce qui ne tarda guère, — elle fit volte-face sans

mot dire, et ils s'en revinrent, lui toujours gei-
gnant, suppliant, ne déparlant pas.

Il s'était enhardi ; il lui avait glissé le bras
autour de la taille, — cette taille ravissante et
dont il raffolait, — et à mesure qu'ils appro-
chaient, il l'enserrait plus étroitement, l'étreignait avec passion.

Ils arrivèrent devant la porte.

— Allons, soyons convenables, dit Régine, en
se dégageant.

— Que je vous embrasse ! Je vous en prie !
s'écria-t-il.

Et il la ressaisit, la prit à bras-le-corps comme
un forcené.

— Laissez-moi entrer, dites !... dites !... murmura-t-il.

Mais elle jouait gros jeu cette fois, et l'aventure de Collongin ne se renouvelle pas tous les
jours.

— Non ! Demain vous viendrez... Voyons !...
Voulez-vous bien finir, gros polisson !

## XIII

La coquette chambre bleue, bien connue d'Hubert Vauquois, où le petit chevalier Christian se complaisait comme dans un paradis, et que le pauvre voyer Collongin n'avait fait que traverser, venait de s'ouvrir devant le quatrième soupirant, le plus acharné des poursuivants de Régine Garnerot.

Assis sur le même canapé que ses prédécesseurs, la barbe fraîchement taillée, les cheveux parfumés d'huile antique, le plastron de sa chemise [bombant comme une cuirasse et d'une blancheur immaculée; portant, ainsi qu'un jeune premier, court veston d'alpaga, gilet de fantaisie, cravate à la colin et escarpins vernis, le père Adnesse s'efforçait de comprimer les battements de son cœur et semblait ployer sous le faix de sa béatitude.

C'était donc son tour, enfin! Il était dans la
place! Ça lui avait coûté gros, ah! certes!...
Mais arrière ces intempestives préoccupations!...
Le jour du triomphe avait lui, l'heure du berger
allait sonner!

Régine avait commencé par lire très attentive-
ment l'acte de vente.

« Par devant nous, M⁰ Tabourin, notaire à la
résidence de Bar-le-Duc, assisté de... ont com-
paru cejourd'hui... Le susdit nous ayant déclaré
avoir reçu le montant... »

Très bien! Tout était en règle.

Et elle avait prestement glissé les papiers sous
une pile de linge, dans son armoire à glace, et
les avait d'ores et déjà mis sous clef. Puis elle
était revenue s'asseoir à côté de son bienfaiteur
et lui avait abandonné à loisir ses fines menottes
et sa divine taille.

— Voulez-vous me permettre de vous offrir
une tasse de thé? lui demanda-t-elle soudain,
pour échapper sans doute à ses fastidieuses caresses et retarder le quart d'heure de Rabelais.
Ce sera tout de suite fait.

— Volontiers, ma charmante.

Elle passa dans une étroite 'petite pièce, origi-
nairement destinée à servir de cuisine, et qu'elle
avait transformée en cabinet de toilette. Ce réduit,

contigu à la chambre à coucher, avait, comme celle-ci et comme la chambre du devant pompeusement nommée le salon, une sortie sur le corridor.

Régine alluma une lampe à esprit de vin, disposa la bouilloire sur le trépied, puis emplit le sucrier, essuya le flacon de rhum, les tasses et les soucoupes, ayant à cœur de faire dignement les honneurs de chez elle.

A ce moment, deux coups nets, résolus, vigoureux, ébranlèrent la porte d'entrée et retentirent dans toute la maison, et, comme si ce n'était pas assez, la sonnette se mit de la partie et fit entendre un assourdissant carillon.

Le père Adnesse se précipita dans la cuisine.

— Qu'y a-t-il?... Ne bougez pas!... Régine!... Ne...

Mais il n'était plus temps : elle était au bout du corridor, elle avait ouvert la porte, et la silhouette d'Hubert Vauquois se dressait, fière et souriante, dans l'embrasure.

— Cré nom de Dieu! Qu'est-ce que tu viens faire ici, toi ?

— Je viens vous chercher, repartit Hubert en s'inclinant.

A cette réponse, qui avait tout l'air d'une insolente raillerie, la colère du vieux galantin ne connut plus de bornes. Un torrent d'invectives et de jurons s'échappa de ses lèvres ; il crispa les poings, se redressa : sans Régine, qui lui barrait le passage, il se serait rué sur son futur gendre.

— Monsieur Adnesse ! Du calme !... N'oublions pas que nous sommes chez une dame...

— Va-t'en, mille tonnerres ! Fiche-moi le camp, ou je t'écrase !...

— Oh ! pas de scènes chez moi, je vous en prie ! interrompit Régine. Si vous avez des démêlés ensemble, allez dehors tous les deux ! Je n'ai pas besoin d'assister à vos querelles.

— Mais ce n'est pas moi, c'est lui qui vient... ce bougre-là !...

— Je viens parce qu'on m'a envoyé. J'étais chez vous tout à l'heure : Mᵐᵉ Adnesse et Mˡˡᵉ Eulalie ont projeté de passer la soirée sur la terrasse du jardin, avec vous et avec moi ; elles m'ont dit que je vous rencontrerais sur la place Saint-Pierre ou au pâquis, et que je ne manque pas de vous ramener. Je ne vous vois pas sur la place ; je vais au pâquis, j'interroge un gamin et il me répond que vous venez de monter la rue du Jard et d'entrer chez... chez madame.

— Tu peux bien l'appeler Régine tout court, tu la connais suffisamment pour cela !

— Qu'en savez-vous? Voilà que vous m'outragez, à présent! se récria M<sup>lle</sup> Garnerot.

— Est-ce que ce n'est pas vrai? Est-ce qu'il ne couche pas avec vous? Tas de canailles! Vous vous êtes entendus...

— Ah! dites donc ! fit-elle.

— C'est un coup monté contre moi !

— Vous vous méprenez absolument, monsieur Adnesse, répondit Hubert toujours très calme. La chose est telle que je vous l'ai expliquée : on m'a appris que vous étiez ici, et...

— Mais, sacré grand serin, c'était une raison pour ne pas venir, alors! Est-ce que je vais te déranger, moi, lorsque... lorsque tu... tu es en bonne fortune ?

— Vous étiez donc?... Ah oui?... Je n'en savais rien! objecta le jeune homme avec un imperturbable sérieux.

— Ne te fiche pas de moi plus longtemps, Hubert! Ne m'exaspère pas !...

Régine intervint de nouveau.

— Mais vous vous exaspérez tout seul, on n'a pas la peine de vous y aider !

— Comment! C'est vous qui... Après m'avoir tendu ce piège !...

— Je ne vous ai rien tendu du tout. Est-ce que Monsieur pouvait se douter...

— Cré nom de nom ! Ils font cause commune !...
Elle m'a attiré... C'est un coupe-gorge !

— Vous déraisonnez ! s'exclama Régine.

— Ah ! tu te figures que je ne vois pas clair,
que je vais me laisser carotter comme ça !... Tu
te trompes, ma fille !

C'est à Régine qu'il s'obstinait à s'en prendre
maintenant, contre elle qu'il s'acharnait. Cette
idée de guet-apens et de traquenard s'était im-
plantée dans son esprit, il se butait là-contre et
n'en démarrait pas.

— Tu te figures ? Ma fille ? En voilà un lan-
gage ! Est-ce que nous aurions gardé les cochons
ensemble, par hasard ? répliqua la donzelle.

— Il n'est pas ton amant peut-être ? Ose donc...

— Monsieur Adnesse ! s'écria Hubert.

— Ah ! vous me canulez à la fin ! A-t-on jamais
vu un sale muffe ?... Ça ne sait même pas respecter
les femmes !

— Respecter ?... Toi ?...

— Vieux sagouin !... Vous aller filer, n'est-ce
pas ? et vivement !

— Et l'acte ? Bougre de voleuse, rends-le-moi
tout de suite ! Où est-il ? Rends-le !

— Te le rendre ?... Plus souvent ! Tu t'en
ferais crever, mon pauvre gros ! Veux-tu bien te
taire !

— Je te dénoncerai à la police, gredine ! Attends, va ? Je te ferai empoigner.

— Tu empoigneras ton pain, et puis v'là tout !

— Maudite garce !

— Espèce de vieux daim ! Vieil empaillé !

— Ah ! canaille ! Chienne ! Catin !

— Pas la tienne, toujours ! Pas la tienne, sale pignouf ! Vieux débris ! Vieux...

*Amant alterna Camenæ.* Tout le catéchisme poissard, tout le vocabulaire du ruisseau y passa. Les poings sur les hanches, les yeux hors de tête, la batteuse de trottoir vociférait, beuglait, s'en donnait à cœur joie. L' « engueulade » était son fort, et elle avait l'air de se retrouver dans son élément. Le père Adnesse ripostait de son mieux, mais il n'était pas de taille ; l'indignation et la fureur lui enlevaient la mémoire et lui coupaient la voix ; il suffoquait, et n'avait que deux mots, toujours les mêmes, à lui jeter à la face, deux épithètes qui revenaient tour à tour, en cadence, comme le tic-tac d'un balancier, et qui résumaient d'ailleurs toute sa pensée :

— Voleuse ! Catin ! Voleuse ! Catin !

Comme on se lasse de tout, même des plus belles choses, Régine finit par s'arrêter.

— Ah ! et puis zut ! A Chaillot ! J'en ai assez !

— Moi aussi ! dit Hubert. Vous savez, monsieur Adnesse, on vous attend chez vous ; moi, quand on m'y repincera !...

Des enfants et des femmes du voisinage, attirés par le bruit, s'étaient approchés peu à peu et stationnaient devant la maison.

— Vous voyez, hein ? avec votre chabannais, vous ameutez le monde... C'est du propre ! Et ça se croit un homme bien élevé ! Ça pose pour le gommeux ! Oh ! là ! là ! Moi, je rentre. Si ça vous convient de rester là ?...

Et, pendant qu'Hubert s'en allait d'un côté, elle disparaissait de l'autre, et fermait et verrouillait sa porte.

M. Adnesse, entouré de curieux qui commençaient à lui rire au nez, ne tarda pas à déguerpir. A peine eut-il tourné l'angle de la rue que les huées éclatèrent. Il doubla le pas, autant pour échapper à ce charivaresque cortège que pour rejoindre Hubert et décharger sur lui son courroux. De temps à autre, il se retournait et montrait le poing à son escorte de garnements, et la bande infernale se remettait de plus belle à glapir et à brailler :

« Hou ! Hou ! O *lequel !* O *lequel ! !* Ohé ! A la chie-en-lit !... Ohé ! Ohé ! »

Enfin il atteignit les ruelles qui s'entre-croisent au chevet de l'église et aux abords de la prison, et il réussit à dépister cette meute de roquets, qui hurlait après ses chausses, le talonnait et le tympanisait avec un si cordial entrain.

Durant ce temps, Hubert Vauquois descendait la rue des Ducs et se dirigeait vers la place de la Halle, qui forme comme une annexe, un prolongement de la place Saint-Pierre, et où il demeurait depuis la mort de son père. A cette époque, le successeur de l'avoué Vauquois ayant tenu à acquérir aussi l'immeuble que l'étude occupait rue du Bourg depuis plus d'un demi-siècle, M^{me} Vauquois s'était retirée à la Ville-Haute, dans une modeste petite maison qu'elle possédait au coin de la place de la Halle et de la rue Chavée.

Nature douce, insouciante et faible, incapable de prendre une détermination avant d'y être contraint par les événements, attendant toujours la dernière heure, l'inspiration du moment, pour aviser et se décider, Hubert était enchanté de l'algarade qui venait de se produire et qui mettait fin aux projets matrimoniaux échafaudés par sa mère et dans lesquels elle l'avait entraîné et enchevêtré. M^{lle} Adnesse, avec sa pudique réserve, ses cheveux filasse et sa taille grêle, ne lui inspirait aucune passion ; il la trouvait niaise, bébête, glaciale ; il lui fallait quelque chose de plus vigoureux et de plus pimenté : Régine, cette bonne grosse réjouie, cette plantureuse dessalée, était tout à fait son idéal. En outre, il avait eu vent de quelle façon M. Adnesse comptait payer la dot, et ce manque de sincérité, cette flouerie qu'on lui ménageait, source de discussions et de litiges, n'avait pas peu contribué à le détourner de ce mariage. Il s'était plaint à sa mère ; mais M^{me} Vauquois, entichée d'Eulalie, — « une jeune personne si comme il faut, si bien sous tous les rapports, mon ami ! pas coquette, pas dépensière, bonne petite femme de ménage et femme du monde à la fois, excellente musicienne, distinguée, sachant recevoir, pas sotte, non certes ! et si pieuse, toujours si recueillie à l'église, ah ! une perle, un trésor ! » — impatiente surtout de voir Hubert à l'abri de tous les périls de la vie de garçon, définitivement rentré au port, rangé et établi, n'avait rien voulu entendre.

— Ne t'inquiète donc pas ! Puisqu'elle est fille unique, tôt ou tard tout l'avoir vous reviendra. Tu ne risques rien ! D'ailleurs, pourquoi t'en rapporter à des on-dit, des suppositions ? M. Adnesse a promis cent cinquante mille francs : on ne signera pas le contrat sans nous, et nous saurons bien ce jour-là stipuler à quelle date et comment la somme vous sera versée.

— Ah ! les contrats ! On y trouve tout ce qu'on

veut ! Il y a toujours quelque clause douteuse,
ambiguë, quelque échappatoire... Je connais ça !
De vrais nids à procès ! Avec ce roublard-là, nous
serons roulés, maman, roulés, c'est moi qui te le dis !

— Mais non ! mais non !

— Tu verras !

Depuis l'arrivée de Régine, les relations d'Hubert et de M. Adnesse s'étaient sensiblement
modifiées. Une sourde discorde, une secrète rancune, une animosité qu'on s'efforçait de part et
d'autre de cacher et de mater, régnait entre eux ;
non pas qu'Hubert considérât Régine comme sa
maîtresse attitrée et fût jaloux de ses faveurs, —
il aurait eu trop de besogne ! — mais enfin, s'il
avait des rivaux, du moins ne tenait-il pas à les
connaître, et il ne pouvait savoir gré au père
Adnesse de se faufiler dans ses plates-bandes.

Quand à celui-ci, il en voulait doublement à
son futur gendre, d'abord parce que ses tentatives, à lui, n'avaient aucun succès, puis parce que
Hubert avait réussi, parce qu'il était en possession
des bonnes grâces qu'il convoitait. Intérieure-
ment, il l'accusait, et bien à tort, de le desservir
auprès de Régine, d'être la cause de ses échecs
réitérés.

Une altercation, une bourrasque était immi-
nente : plusieurs fois déjà elle avait failli écla-

ter ; Hubert, par haine de tout esclandre, de tout bruit, par pusillanimité, en somme, et couardise, s'y était toujours dérobé. Peu à peu cependant, devant ces sourdes menaces, ces continuelles provocations, il avait bien été forcé d'envisager l'orage et de s'y préparer. Édifié sur les intentions discourtoises et déloyales du père d'Eulalie, dégoûté de cette alliance, il souhaitait même que l'inévitable conflit surgît au plus tôt ; il l'appelait de tous ses vœux. « C'est le seul moyen, se disait-il, de sortir de cette impasse, de me dépêtrer de tout ce tintouin. »

Néanmoins, il n'avait pas prémédité ce dessein, il n'avait pas espéré une telle aubaine, en allant ce soir-là, faire si beau tapage à la porte de Régine. Il n'avait vu qu'une farce, un bon tour à jouer à ce bedonnant Celadon... « Il n'osera pas se montrer, pensait-il, il s'en gardera bien : c'est Régine seule qui accourra pour ouvrir et je la chargerai du message. Après, lorsqu'il me parlera de l'aventure, — s'il m'en parle, s'il me cherche noise, — eh bien, nous répondrons ! »

Maintenant l'affaire était réglée, la rupture déclarée et effectuée. « Me voilà tranquille à présent, libre comme l'air ! Ah ! pas malheureux ! » Il se frottait les mains, jubilait, bénissait son étoile. « Quelle chance ! »

Restait à prévenir Mᵐᵉ Vauquois.

Elle croyait son fils chez les Adnesse et se disposait à le rejoindre, quand Hubert apparut, encore tout ahuri et ravi de la scène qui venait de se passer.

— Comment! te voilà? Justement j'allais...

— Inutile! Ote ton chapeau, quitte ton châle, et assieds-toi.

— Mais *ils* nous attendent! J'ai promis ce matin à Mᵐᵉ Adnesse...

— Ma chère mère, n-i ni! Ce n'est pas encore cette fois que je ferai le saut! interrompit le jeune homme. J'ai eu tout à l'heure une discussion avec M. Adnesse, une discussion très vive... oui, très vive... J'ai dû le remettre à sa place, et vertement! eut-il l'audace d'ajouter, lui qui s'était si bien tenu coi pendant que Régine et le père Adnesse se houspillaient. — Je ne veux plus avoir d'accointances, plus rien de commun avec cet individu!

— Mon ami! Tu n'y songes pas! Pour un coup de tête!... Laisse, j'arrangerai les choses...

— Garde-t'en bien! Je suis trop content! Ce n'est pas un coup de tête : j'ai longuement réfléchi, étudié le pour et le contre... Ce mariage ne me convient nullement!

— Hubert! Oh! c'est désastreux!

— Ce qui aurait été désastreux, c'est d'entrer dans cette famille, d'avoir pour beau-père un homme sans moralité, sans principes, pingre, usurier, filou, débauché, un abject personnage...

— Tu exagères! Je sais comme toi que M. Adnesse n'est pas un mari modèle, que sa pauvre femme a eu bien à souffrir...

— Pardi! Il la tue à petit feu!

— ... Qu'il a mené une conduite peu digne d'éloges...

— Tu es modeste! Une conduite ignoble, révoltante! Et il la mène encore : c'est connu de toute la ville! Il n'y a que toi pour l'excuser, ce misérable qui ne respecte même pas sa vieillesse!

— Je ne l'excuse pas, mon ami, oh! loin de là! Je le blâme, je le plains. Mais ce n'est pas lui que tu épouses. Eulalie, cette chère petite, ne peut être responsable...

— Je te demande bien pardon! Tant pis pour elle!

— Hubert!

— Mon parti est arrêté, irrévocablement! C'est non! Je viens de donner congé à ton monsieur Adnesse, et, de ma vie, je ne remettrai les pieds chez lui.

— Qu'y a-t-il donc eu entre vous? Tu ne me racontes pas...

C'est qu'il n'était pas facile de raconter l'histoire sans faire mention de M<sup>me</sup> Garnerot, sans dire en quels excellents termes on était avec elle et avouer qu'on avait aussi ses petites faiblesses.

Hubert glissa rapidement sur les origines du débat, simplifia le récit et s'en tira tellement quellement. M<sup>me</sup> Vauquois, d'ailleurs, ne considérait qu'un point, le résultat de la querelle, la rupture du mariage, et elle se mit à chapitrer son fils, à le semondre, le rassurer, l'implorer, elle s'évertua à le faire revenir sur sa décision.

Il l'écoutait, sans témoigner trop d'impatience, se bornant à répondre :

— Mais non ! ne te tracasse donc pas !

— Si, mon ami, je me tracasse, reprenait la maman. Tu as dépassé la trentaine ; Eulalie, si douce, si gentille, aurait été pour toi une compagne...

— Bast ! tu m'en trouveras une autre !

Et il baisa sa mère au front et lui souhaita le bonsoir.

— Moi, je sors, je vais au cercle...

— A cette heure-ci ! Reste donc ! Tu te fatigues... Tu fais de la nuit le jour... Ce n'est pas une existence ! Ah ! comme je voudrais !...

— Eh ! oui, moi aussi ! Cela viendra, va !

— Hélas ! quand donc ?...

— Tu seras cause que je manquerai ma partie de jacquet! Le capitaine Terry compte sur moi... Allons, bonne nuit, je me sauve!

— Ne rentre pas trop tard, au moins!

— Non, maman.

Et il fila bien vite chez Régine, qui, plus que le capitaine en question, était désireuse de le voir arriver et se réjouissait de discourir avec lui sur l'événement de la soirée.

Elle s'esclaffa de rire en l'apercevant.

— Ah! elle est bien bonne, hein? Superbe! Impayable! Tu as vu comme je l'ai secoué, ce salaud-là? Est-il mal embouché, tout de même! En a-t-il des expressions!... J'en étais honteuse pour lui. Quelle crapule, quelle sale gouape que ce vieux gâteux! Mais je te l'ai remouché... je te lui ai cloué le bec!... Ça n'a pas fait long feu! C'était tapé, pas vrai? Il ne s'y refrottera plus, le vieux cochon! Il était toujours à me cramponner.... à me cauchemarder... Ah bien non! J'en avais plein le dos! Fallait que ça finisse! — Dis donc, mon gros loup, reprit-elle, il y a du thé de tout prêt... Il n'est peut-être plus très chaud, par exemple!... Tiens, voilà le rhum... Verse-toi...

Et l'on trinqua à la santé du père Adnesse.

## XIV

A l'heure même où Régine Garnerot portait ce
toast goguenard et dont, pas plus qu'Hubert,
elle ne souçonnait l'à-propos, le docteur Drouin,
mandé d'urgence par M^{me} Adnesse, pénétrait
dans la chambre de l'irascible et incandescible
vieillard.

Toutes ces brusques alternatives d'espérance
et de désespoir, de joie et de douleur, toutes ces
secousses et ces accès de rage avaient provoqué
une rechute, une indisposition bien autrement
grave que celle de la veille. Il avait été pris
d'étourdissements, à son retour, et était tombé
en défaillance : on avait craint un coup de sang.

Le docteur hochait la tête et se rengorgeait.
Il avait beau jeu dans la circonstance.

— Ah ! voilà ! s'il m'avait écouté ! Je lui avais
bien prédit !

Plus de rébellions alors, plus de jurements, plus de ces grossières avanies auxquelles M<sup>me</sup> Adnesse était accoutumée. Étendu sur son lit, le buste soulevé par des oreillers, la face vultueuse, l'œil hagard ou vitreux, le père Adnesse se laissait docilement lotionner d'eau sédative et barder de compresses. Pas un mot, pas une plainte : il semblait anéanti.

Ce mutisme persista les jours suivants, quoique tout danger eût disparu et que le malade fût sur pied. Eulalie et sa mère n'en revenaient pas. Ce n'était plus lui. Comment, par quel miracle, cette métamorphose s'était-elle opérée ?

L'absence d'Hubert ne les étonnait pas moins et donnait lieu à de longs colloques entre les deux femmes, à nombre de réflexions et de suppositions.

— Ton père doit s'être chamaillé avec lui, j'en mettrais la main au feu !... De là vient sa maladie. Il est si impressionnable, si irritable !

Elle se risqua un matin : il fallait éclaircir l'affaire et sortir de cette anxiété.

— Que devient donc M. Hubert ? Voilà trois jours qu'il ne se montre pas...

Subitement tiré de sa prostration, le père Adnesse bondit et, coupant la parole à sa femme :

— Ne me parlez plus de ce chenapan-là, ni

14

l'une ni l'autre, vous entendez? J'aimerais mieux me faire hacher tout vif que de lui donner ma fille !

— Narcisse! Mais nous lui avons promis... Nous nous sommes engagés...

— Ça m'est égal !

— Non... non !... Tu as trop d'affection pour notre Eulalie. Que va-t-on penser de nous! Au moment où les affiches viennent d'être posées à la mairie, quand M. le curé compte publier le premier ban dimanche prochain !... Nous allons être la fable de toute la ville!

— Je m'en fiche ! Ça ne regarde personne! Je suis le maître, tonnerre de Dieu !

— Mais la fille, Narcisse? C'est d'elle qu'il s'agit, de son avenir, de son bonheur... Elle se tait parce qu'elle n'ose t'avouer les sentiments que ce jeune homme lui a inspirés; mais examine-la, lis dans ses yeux : elle l'aime...

— Est-ce vrai?

— Oui, c'est vrai. N'était-il pas son fiancé, ne le voyait-elle pas chaque jour? continua Mme Adnesse. C'est toi-même qui nous l'as présenté...

— Laisse-la donc répondre, fichue bavarde ! Tu jabotes, comme toujours, à tort et à travers, sacrée vieille pie borgne !... Eulalie, voyons, ma fillette, est-ce que tu aimerais ce gredin-là, dis?

— Oh!... papa!... murmura celle-ci en fondant en larmes.

Malgré la rebuffade qu'elle venait d'essuyer, M^{me} Adnesse s'entremit derechef.

— Si je t'importune, je t'en demande pardon; mais c'est mon devoir de prendre en main la cause d'Eulalie. Ce qu'elle ne t'avoue pas, elle me l'a confié, à moi. Oui, elle l'aime : ses pleurs te le prouvent. Tu ne veux pas le malheur de ton enfant, n'est-ce pas? Tu ne veux pas qu'elle soit en butte aux quolibets et aux risées du public?...

— Ce n'est pas la première fois qu'on aura vu se défaire un mariage annoncé, répliqua M. Adnesse, que l'insistance de sa femme et la douleur d'Eulalie mettaient dans le plus pénible embarras et qui commençait à regretter son incartade.

— Narcisse, je t'en prie ! Aie pitié de ta fille ! Tu as toujours été bon pour elle... Ta petite Lalie, elle a toute ta tendresse... Embrasse-la, console-la, rassure-la !...

C'était le prendre par son faible, toucher sa seule fibre sensible. Le vieux ladre, l'incorrigible penard n'avait au cœur que cette seule pure affection : il aimait son enfant, sa Lalie.

— Impossible! s'écria-t-il. Cela me coûte autant qu'à vous... Ah ! le mâtin ! le maroufle ! Il faut y renoncer !

— Mais pourquoi ?

— Eh ! c'est lui qui a rompu, ce n'est pas moi, mille bombes !

— Lui ?

— Pour une bêtise ! Il a pris la mouche, il s'est emporté, comme un imbécile qu'il est...

— Que lui as-tu donc dit ?

— Mais rien ! Il n'y avait pas de quoi fouetter un chat ! Je suis convaincu qu'il ne cherchait qu'un prétexte pour se dégager, l'hypocrite !

Et, de même qu'Hubert, dans l'entretien qu'il avait eu avec sa mère, l'avait vilipendé et conspué à plaisir, il se mit à déblatérer contre lui, à le couvrir de calomnies et d'outrages. — Il n'avait pas de conduite, pas de dignité ; c'était un coureur, un noceur, un ivrogne, rien qui vaille !

M<sup>me</sup> Adnesse protesta, — tout comme avait fait M<sup>me</sup> Vauquois.

— C'est à présent seulement que tu nous apprends cela ? Tu ne le jugeais pas de la sorte jadis ; tu avais, disais-tu, les renseignements les plus favorables sur son compte ; tu répondais de lui, tu le vantais à tout propos. Eulalie ne pouvait espérer un meilleur mari ; nous, un gendre plus sympathique. Et maintenant !... C'est la rancune que tu as contre lui, Narcisse, qui te rend injuste à son égard.

Mais Narcisse alors se fâcha : son naturel reprit brusquement le dessus.

— Je sais ce que je dis, fichtre ! Quand j'affirme, on doit me croire ! Mais, toi, il faut toujours que tu ergotes, que tu chicanes, que tu contrecarres ; ça n'irait pas sans cela ! Oui, là, poursuivit-il, au début je me suis trompé, j'en conviens ! J'avais ajouté foi... je me figurais !... Depuis, j'ai observé, j'ai constaté... C'est heureux, très heureux pour nous que ce garnement ait retiré sa parole. Jamais je n'aurais consenti à lui donner la main de Lalie, jamais ! Un fainéant, un dépensier, un libertin, un soûlard, la plus vile engeance ! Je le connais, l'oiseau, à présent !

Et comme Lalie sanglotait dans son coin :

— Voyons, ma minette, ne te chagrine pas... Tu sais bien que ton petit père ne veut que ton bonheur, n'est-ce pas ? Essuie les yeux ! Il ne mérite pas que tu le pleures, va ! S'il avait eu pour toi tant soit peu d'attachement, pour deux liards d'estime, est-ce qu'il aurait continué de fréquenter... Ah ! l'impudent coquin !... de s'avilir dans des liaisons... avec des créatures !... Non, laissons cela, ma pauvre bichette ! Il n'était pas digne de toi, le misérable !

L'affliction d'Eulalie accroissait encore la haine

que M. Adnesse avait conçue contre Hubert. Que
de mal ce scélérat lui avait fait ! Régine qui lui
avait échappé, les invectives qu'elle lui avait si
amplement prodiguées, les humiliations qu'il
avait subies, le bois de Véel sacrifié en pure
perte, le mariage rompu à la veille de la célébra-
tion, sa femme et sa fille désolées, lui, malade
de corps et plus malade d'esprit, — lorsqu'il ré-
capitulait tous ces griefs, ses cheveux se héris-
saient, les dents lui grinçaient, tout son sang
bouillonnait... Ah ! s'il l'avait tenu, cet infâme
drôle, quelle gourmade, quelle dégelée ! Comme
il l'aurait assommé et écharpé de bon cœur !

Mais, depuis qu'il s'était désisté de ses projets
matrimoniaux, Hubert évitait de passer devant
la maison Adnesse et avait interrompu ses promenades sur la place Saint-Pierre. On ne le
voyait plus. La chasse était ouverte : tout le jour
il battait les taillis et les guérets d'alentour ; le
soir il se rendait chez Régine. Il n'avait plus à se
gêner maintenant, plus besoin de se cacher ni
de se grimer.

— C'est grâce à moi, mon chéri, que tu as
coupé ce fil que tu avais à la patte ! lui disait la
drôlesse. Tu me dois un fameux cierge, vrai !
Dans quel guêpier tu allais te fourrer, mon pauvre chienchien ! Oh ! là ! là ! Je ne connais pas la

belle-mère, mais le papa beau-père!... Ah! il était joli, le coco! Ça promettait!

Le médecin avait ordonné à M. Adnesse, pour parer aux dangers de son obésité et en combattre les progrès, de ne pas rester inactif, de vivre de régime et au grand air, sans ménager ses jambes ni craindre la fatigue.

Chaque matin il partait donc, comme Hubert, le fusil sur le dos, et s'acheminait vers l'un de ses bois, à Chardogne, à Mastrique, à Trémont ou à Couvonges. Il avait cédé à un voisin la tendue qu'il avait préparée dans son bois de la Vierge : il lui déplaisait de traverser le Jard, d'être exposé à rencontrer les Garnerot, — ces mandrins-là! Le souvenir de Régine l'obsédait; il voulait le bannir de son esprit, ne plus retomber en tentation, et il avait peur de lui, peur d'elle, peur de nouveaux affronts et de nouvelles huées. Qu'aurait-il fait à sa tendue, d'ailleurs, sans Hubert pour jouer aux boules ou au piquet, gobeloter et godailler avec lui, et trop peu disposé à rire, trop morose et soucieux pour chercher d'autres partenaires?

Les collines de Mastrique, situées à l'est de la ville, vis-à-vis de celles du Haut-Juré et de Savonnières, étaient son but d'excursion favori. Il possédait à l'extrémité de cette contrée, à une lieue de Bar, une trentaine d'hectares de bois, en partie bordés de friches, de vignes et de terres labourées. Le menu gibier abondait dans ces parages : les grives, si friandes de raisin, pouvaient s'y soûler à leur gré ; les sillons et les javelles servaient d'abris aux alouettes, aux perdreaux et aux cailles ; quelques lièvres même s'y montraient, faisant leur randonnée à travers les éteules et les ceps.

A peu de distance de Mastrique s'ouvre une courte vallée, qui, partant de celle de l'Ornain, près de Longeville, se rétrécit à mesure qu'elle avance, et se termine par une sorte de gorge, d'entonnoir, au fond duquel se tassent et se cachent les maisonnettes de Resson. Il a cependant bonne mine, ce petit village, privé de toute communication, perdu dans ce trou. Son isolement et sa modestie ajoutent à ces charmes agrestes et lui donnent un semblant de coquetterie. Dominé d'un côté par la forêt de Sainte-Geneviève et de Loisey, de l'autre par des coteaux en vignobles qui se rattachent à Mastrique, ainsi abrité et enfoui dans son nid de verdure, il paraît tout timide et souriant, tout innocent et pimpant à la fois. C'est un délicieux recoin, qui n'a rien à redouter des chemins de fer, des canaux, ni même des grandes routes ;

trop éloigné pour que les habitants de la ville viennent s'y promener, il n'est troublé dans sa sereine quiétude que par quelques chasseurs intrépides, qui, avant de gagner les hauteurs avoisinantes, se reposent et se réconfortent à l'unique auberge du lieu, chez la mère Puigerolle.

Hubert était de ces derniers. Il avait affermé la chasse sur les communaux de Loisey et de Resson, et, deux ou trois fois la semaine, il arrivait de bon matin, en cabriolet de louage, donnait ses ordres à l'hôtesse pour que le déjeuner fût prêt entre onze heures et midi, et s'en allait, escorté de son chien, courir les champs et guerroyer contre le poil ou la plume, au hasard de la rencontre. A l'heure dite, il revenait à l'auberge, se lestait d'une omelette au lard, d'une couple de pigeons et de deux bouteilles de petit vin gris, fumait une pipe, en buvant sa demi-tasse copieusement arrosée d'eau-de-vie de marc, puis s'étendait sur l'herbe du verger et faisait une sieste, laissant ainsi passer la grosse chaleur de l'après-midi, et ne rentrait en ville que pour le souper.

Un jour, comme il traversait une friche jouxtant le bois de Mastrique, M. Adnesse l'aperçut, et aussitôt, sans plus s'occuper de la bande de perdrix qu'il épiait, il s'avança droit sur lui et l'interpella.

— Hé ! dis donc, toi, morveux ! Il faut donc que tu viennes me relancer jusqu'ici ? Tu ne peux donc pas aller user tes semelles ailleurs ?

Hubert, qui connaissait le paroissien, ne s'étonna ni ne s'offusqua de cette nouvelle sortie. Il répondit calmement qu'il avait le droit de chasser sur tout le finage de Resson, que la chasse lui appartenait...

— Tu es ici sur mes terres, chez moi, et je te prie de décamper illico.

— Chez vous ? Mais voici la lisière de votre bois, là-bas ! La friche comprise entre cette lisière et le chemin n'est pas à vous, que je sache !

— ... mande bien pardon ! Et puisque tu ne le sais pas, mon gaillard, tu l'apprendras !

— Soit ! nous vérifierons...

— Et à tes frais, bougre de... ! Ah ! tu veux du papier timbré, eh bien, c'est facile ! On 't'en flanquera !

— Au revoir, monsieur Adnesse ! dit Hubert en lui tournant le dos.

Et, du même pas, il se rendit chez le maire de Resson, lui soumit le différend et consulta le plan cadastral de la commune.

Il n'y avait pas d'équivoque possible : le possessoire de M. Adnesse s'arrêtait à la lisière de son bois ; au-delà il n'avait rien à prétendre.

Selon la menace qui lui avait été faite, Hubert reçut une assignation judiciaire. Assisté du garde champêtre de Resson, il comparut, le mardi suivant, devant le tribunal, et le père Adnesse, comme il fallait s'y attendre, fut débouté de sa demande et condamné aux dépens.

— Cré nom de Dieu! C'est trop fort ! bougonnait-il en s'en revenant. Je m'en moque bien, de leurs plans et du reste ! Je vous dis que la friche a toujours fait partie de mon bois, toujours, toujours ! Ah ! les brigands ! Mais alors qu'ils prennent le bois tout entier, pendant qu'ils y sont, qu'ils s'emparent de ma maison, par dessus le marché, qu'ils m'enlèvent tout, jusqu'à ma chemise, ça ne leur coûtera pas davantage ! C'est tout commode, ce système, simple comme bonjour ! Ah ! nom de Dieu ! Et tout cela pour ce grand escogriffe, ce saligaud, cette canaille ! Ah! tonnerre !

C'était le comble, en effet, et le bonhomme ne dérageait plus.

Deux jours après le jugement de cette affaire, Hubert débarquait à Resson, en compagnie de deux de ses amis, qu'il avait invités à chasser et festoyer avec lui.

La mère Puigerolle s'était approvisionnée d'une truite, avait confectionné un superbe pâté de lièvre, tordu le cou au plus dodu de ses canards: elle avait à cœur de prouver à ces messieurs « quo R'sson n'tiot pas si en r'tard quo ça et qu'on s'gossait tout-ci (qu'on mangeait, qu'on se gorgeait ici) aussi bin qu'à la ville, quand on 'n avait la désirance. »

— Ce n'est pas le désir qui nous manquera, madame Puigerolle, ni l'appétit ! Nous vous reviendrons avec l'estomac dans les talons et des dents de loup : tablez là-dessus, et à midi clochant...

— Oh ! j'serons prête ! Ç'ot putôt vous qui m'ferez droguer.

On but le coup de l'étrier, on chargea les fusils, on découpla les chiens, et — en route, mauvaise troupe !

Après avoir parcouru quelques temps un vaste et aride plateau, entre Resson et Naives, les trois jeunes gens fixèrent leur itinéraire respectif et se séparèrent, en prenant pour point de ralliement un carrefour situé en contre-bas des vignes, à deux cents mètres du village, au lieu dit la Côte de Resson.

La chance favorisa peu Hubert : à onze heures, après bien des circuits, il n'avait encore

abattu qu'une caille. Il s'était rapproché de Mastrique et descendait le petit chemin creux, le
*gripot* ou la *voïotte*, comme aurait dit la mère Puigerolle, qui côtoyait la friche et aboutissait au
carrefour. D'épais buissons, d'impénétrables lacis
de ronces avaient poussé, par places, sur le bord
du chemin et masquaient les profondes excava-
tions du terrain. Le soleil dardait d'aplomb sur
ces pierreux îlots de broussailles, où devaient
dormir nombre de vipères et de *ninveux* (orvets).

Soudain, à l'un des détours du raidillon, devant une de ces fondrières, un chasseur apparut :
Hubert et M. Adnesse se trouvèrent nez à nez.

— Toi !... Gredin ! C'est donc pour me narguer !... Tu viens chanter victoire !... Cré vingt
dieux !... faut que ça cesse, une bonne fois !

Et il épaula son arme.

— Ne tirez pas, monsieur Adnesse, sinon !...

Deux coups de feu retentirent, presque simul-
tanément.

Hubert porta la main à son visage : il avait
la joue et l'oreille gauches tout éraflées et en
sang. Le père Adnesse gisait au milieu des buissons : il avait été atteint en pleine poitrine.

Attiré par cette double détonation, un des
amis d'Hubert s'avança sur la crête du talus et
aussitôt sauta sur le chemin.

M. Adnesse respirait encore.

On héla des paysans qui travaillaient dans une vigne voisine ; à l'aide d'une brouette, on improvisa une civière sur laquelle on étendit tant bien que mal le moribond ; puis le cortège se mit en marche.

— Je ne l'ai pas provoqué, clamait Hubert, — pas dit un mot !... C'est lui qui, de but en blanc... Voyez dans quel état je suis !... Alors j'ai riposté... Il fallait bien que je me défende ! Si je lui avais laissé le temps de lâcher son second coup, il ne m'aurait pas raté, en voilà la preuve ! Mon compte était réglé ! Vous en auriez fait autant à ma place, vous, tout le monde ! Est-ce vrai, voyons, est-ce vrai ?

Comme on atteignait le bas de la côte, le père Adnesse essaya de mouvoir la tête, battit des paupières pendant quelques secondes, puis poussa un faible râle, comme un soupir d'allègement et de délivrance, — le « Ah ! » d'un être fatigué qui s'endort.

— Il ot claqué, l' pauv' mossieu ! Té voué ! (Tiens, vois !) fit l'un des paysans qui le portaient. C' n'empêche qu'i pesont encore lourd tout d'même, *nomme* donc ?...

## XV

Christian d'Autry subissait le châtiment de sa douce faute, de son criminel bonheur. Depuis qu'il avait perdu ses ailes, le pauvre chérubin était tout honteux, confus, bourrelé d'inquiétudes et de remords. Il s'en voulait, se grondait, se frappait la poitrine : « Oh ! c'est bien mal ! » demandait pardon à Dieu de son iniquité, et s'empressait d'y retomber.

Régine le tenait, le possédait tout entier. Loin d'elle, lui semblait-il, il n'aurait pu vivre. Il oubliait pour elle les sages leçons de ses parents et les principes de haute morale et de vertu qu'ils lui avaient inculqués ; étouffait tous ses scrupules, faisait litière de tous ses devoirs. Il était devenu son esclave et sa chose : elle l'avait ensorcelé.

— Comme je t'aime ! Comme je t'aime ! s'écriait-il en se suspendant à son cou.

— Mais moi aussi, mon trésor !

— Oh ! pas tant que moi ! Ce n'est pas possible ! Je ne passe pas une minute, une seule minute de la journée, sans songer à toi. Tout le temps, je te revois, je cause avec toi, je te serre dans mes bras... Tu es là, toujours ! Si je m'écoutais, — et si tu le permettais ! — si je ne risquais pas de te compromettre et d'attirer sur moi la colère paternelle, je ne bougerais plus d'ici, je ne te quitterais jamais. Comme ce serait bon !

— Cher petit !

Un événement, un affreux malheur surgit tout à coup au milieu de cette anxieuse ivresse, la foudre éclata.

Un matin, Régine annonça à Christian qu'elle ne pouvait prolonger son séjour plus longtemps, qu'elle était forcée, absolument forcée de partir, et sans délai, le soir même, à dix heures.

Il faillit tomber à la renverse. Son sang se figea dans ses veines, ses oreilles bourdonnèrent, son regard se voila.

— Aujourd'hui ?... Comment ?... Aujourd'hui ?... bégaya-t-il.

Elle lui avait cependant bien promis de rester jusqu'au mois d'octobre, à la rentrée des classes. Pourquoi se déjuger et lui fausser parole ? Qu'y avait-il donc de si pressant ?...

— O mon Dieu ! Est-ce possible?... Ce soir!...
Et il suffoquait, pleurait toutes les larmes de
ses yeux.

C'est que la tragique fin du père Adnesse avait
·mis toute la ville en émoi et donnait lieu à
nombre de commentaires et de suppositions, dans
lesquels la Garnerotte, qui était la maîtresse du
meurtrier et passait pour avoir été celle de la
victime, n'était pas épargnée. C'était à cause
d'elle, par jalousie, affirmaient les uns, que le
vieux bonhomme avait tiré sur le fils Vauquois.
Le mariage de cette pauvre petite Eulalie, c'était
elle déjà qui l'avait entravé et fait sombrer.

— Il y a même eu *comme qui dirait* des abus
de confiance, des tripotages, un tas d'histoires,
insinuaient les autres. Le père Adnesse lui aurait
soi-disant vendu un bois du côté de Véel...

— Bah ! Mais je le connais, ce bois! Une fière
coupe! Et il y tenait, le vieux grigou! S'il l'a
vendu, il se l'est fait payer, et cher, je vous en
réponds !

— Eh bien, pas du tout ! Il paraît qu'il n'a pas
touché un radis. Elle le lui a escroqué...

— Ah ! le paillard! Il s'est soldé sur la bête alors?

— Tout juste! D'après ce qu'on raconte!... Je
n'y étais pas, moi, vous comprenez!

— Je le pense bien! Ils n'ont pas été vous appeler!

Dans la solitude où vivaient les d'Autry, ces rumeurs n'avaient pas pénétré; mais les Garnerot, oncle, tante et nièce, les connaissaient par le menu et en avaient les oreilles rebattues.

Régine ne se sentait pas rassurée; elle se voyait mêlée à une vilaine affaire, sous le coup d'enquêtes, de comparutions et interrogatoires des plus désagréables, et elle avait hâte de plier bagage, de « se carapater de là », ainsi qu'elle l'avait annoncé à son oncle.

Celui-ci n'avait pas essayé de la retenir, au contraire.

— Oui, tu feras bien, bichette. On a beau avoir la conscience pure, pas ça à se reprocher, faut toujours se garder à carreau; et quand on peut s'esbigner, c'est le mieux. Pas vrai? Avec les juges, est-ce qu'on sait jamais d'quoi i retourne?

Christian d'Autry continuait à se lamenter et ne revenait pas de sa stupeur.

— Ce soir? Nous quitter? Oh! non, non! Je t'en supplie, reste! Encore quelques jours! Que j'aie décidé mes parents... que je sois sûr d'aller à Paris... de te retrouver le mois prochain!... Au moins, j'aurai une consolation... Cela me donnera du courage... Mais me délaisser comme ça, brusquement !.. Non, non, Régine !... Je t'en conjure !...

— Mon ami, si je pouvais...

— Si tu m'aimais, tu pourrais, tu n'hésiterais pas !

— Je t'aime beaucoup, Christian, de toute mon âme, trop même hélas! trop! Comment oses-tu en douter, méchant enfant!

— Oh! pardonne-moi!... J'ai tort! Oui!... Je ne devrais pas... Mais c'est que tu me brises le cœur!... Je ne puis me faire à cette idée... O ma bonne Régine!...

— Crois-tu donc que je ne souffre pas ?... Le cœur me saigne, à moi aussi; mais je suis raisonnable, je te prêche d'exemple. Dans la vie, mon cher bébé, il y a bien des choses qu'il faut supporter bon gré mal gré...

— Mais qui t'oblige à partir? Est-ce donc si urgent?

— D'une urgence telle que je ne puis différer. Sans cela! Ne me suis-je pas donnée à toi? N'es-tu pas mon enfant, mon bon petit enfant?

— Et demain tout sera dit!... Je ne viendrai plus... Je ne te verrai plus... Non, je ne m'accoutumerai jamais!... Oh! que vais-je devenir?

— Voyons, Christian, ne te laisse pas ainsi

abattre. Sois un homme! La séparation ne sera que de courte durée; dans six semaines ou deux mois tu seras à Paris. D'ici là nous nous écrirons...

— Ah! si j'avais la certitude!... Mais mon père ne semble pas vouloir... Il s'est informé, et il prétend que l'enseignement du lycée de Bar est suffisant pour la préparation de mon examen. C'est ce qu'il me répète chaque fois que je lui renouvelle ma demande. Il s'entête, il est inflexible !

— Mais quand tu seras reçu à l'École polytechnique, il faudra bien qu'il te laisse partir? Alors nous nous reverrons...

— Songe donc que cet examen n'aura lieu que dans un an, ma pauvre Régine! Un an! Toute une année loin l'un de l'autre!... Oh! je n'y résisterai pas !... Laisse-moi... dis?... Veux-tu?...

— Quoi donc ?...

— Que je m'en aille avec toi?

— Avec moi? Es-tu fou? s'écria Régine en se redressant soudain, d'un seul bond, comme poussée par un ressort. Que ferais-tu là-bas? Je te le défends bien, par exemple !

— Si, Régine, je partirai!...

— Tu ne partiras pas! Je ne te veux pas! Je ne veux pas de toi! Comment, pour qu'on dise que

c'est moi qui l'enlève, qui... Ah! il ne manque-
rait plus que ça! Ce serait le comble !

— Si!... Ce soir, à dix heures...

— Alors, tu partiras seul, mon ami, je t'en
avertis. Moi, j'attendrai. Ah! c'est trop violent !

— Eh bien, tu resteras ! Tant mieux !

— Si c'est ainsi que tu penses me prouver ton
affection!... Et cette obéissance, cette soumission
que tu m'avais jurée?... Voilà comme tu remplis
tes engagements?... Petit malheureux, tu ne
vois donc pas à quoi tu nous exposerais ?

— A quoi donc ?... J'écrirai à mon père, je lui
dirai que je t'aime, que je suis à toi, que je te
veux pour femme, que rien ne pourra me dé-
tacher...

— Et tu crois qu'il t'écoutera?... Gamin que
tu es, tu n'as pas dix-sept ans...

— Pardon, je vais en avoir dix-huit. Et puis
qu'importe ! Je t'aime, je n'aimerai jamais que toi,
je ne rêve que toi sur terre ! Autant mourir que
d'être privé de ton amour ! Non, je ne pourrai pas...

— Notre amour subsistera quand même,
Christian. L'absence, si douloureuse qu'elle soit...

— Non, non, Régine ! Je me tuerais plutôt !

Elle était à bout d'arguments et l'exaltation du
petit chevalier l'effrayait. « Quelle tête chaude !
Quel enragé ! » se disait-elle.

Elle revint à la charge, après un court silence, fit appel, non plus à son jugement et à son bon sens — il fallait y renoncer — mais à son bon cœur ; elle essaya de le prendre par les sentiments.

— Tu veux donc me déshonorer, me perdre ? Qui rendra-t-on responsable de ta fuite, qui accusera-t-on ?... Moi ! C'est sur moi que tout retombera ! Ah ! Je suis bien punie ! Tu es sans pitié, Christian ! Ma réputation, ma dignité de femme et de mère, tu t'en moques, tu la foules aux pieds ; tu ne vois que toi, absolument que toi ! Ah ! combien tu me fais regretter de t'avoir écouté, d'avoir cédé à tes égoïstes et menteuses protestations ! Car ce n'est que cela, égoïsme et mensonges !... Je t'ai servi de jouet, de passe-temps...

Le pauvre Christian ne lui permit pas d'achever. Il s'élança vers elle, l'étreignit, et lui appuyant sa main sur les lèvres :

— Oh ! ne parle pas ainsi, Régine ! Tais-toi ! Tu sais bien que je t'aime, que tu es tout pour moi, oui, tu le sais, tu ne peux pas le nier ! C'est parce que je t'aime que cette séparation me désespère !... Un jouet, toi ?... Toi pour qui je donnerais ma vie !

— En paroles, oui ! Mais quand il faut agir, lorsqu'un sacrifice s'impose, un sacrifice aussi pénible pour moi que pour toi, en fin de compte, tu t'y refuses, tu ne veux suivre que ton caprice. Quelles que soient les conséquences, tant pis !...

— Oh ! ce n'est pas un caprice !

— Mais pense donc un peu à moi ! Si j'étais seule en cause, je m'inquiéterais peu des qu'en dira-t-on ; estime, considération, je t'abandonnerais tout cela de grand cœur. Oh ! oui, certes ! Tu ferais de moi ce qu'il te plairait, et pourvu que tu fusses heureux !... Mais j'ai un fils : si plus tard il me reproche sa naissance — et il en aura le droit ! J'ai été bien coupable, hélas ! — je ne veux pas du moins lui préparer d'autres griefs, je ne veux pas qu'il sache que... après cette première faute... Ah ! Christian !... C'est ta jeunesse, ta franchise, ta confiance en moi, tes chaleureuses expansions, tes bons yeux si ouverts et si limpides, qui m'ont fait ajouter foi à tes serments. Conserve-moi cette croyance ! Ne te démens pas ! Épargne-moi ! Épargne mon enfant !

— Hélas ! Je vois bien que tu as raison, murmura Christian.

— Si tes parents te retiennent ici cet hiver, poursuivit-elle pour achever de le convaincre, c'est moi qui reviendrai. Je te le promets, je reviendrai au nouvel an et à Pâques. Es-tu satisfait ? Je ne peux pas mieux te dire, n'est-ce pas ?

— Ma chère Régine !

— Ces quelques mois seront bien vite écoulés, va ! Puis nous nous écrirons. Est-ce décidé ? M'obéiras-tu ?

— Oui, Régine, oui !

Les adieux furent déchirants. Vingt fois Christian, au moment de sortir du sanctuaire, de l'adorable chambre bleue, rebroussa chemin et courut se jeter en sanglotant dans les bras de sa petite mère. Il lui semblait que toutes les fibres de son cœur s'arrachaient, qu'il allait laisser là ce qu'il avait de plus intime et de meilleur, toute sa joie, ses seules espérances, tout ce qui faisait sa vie.

Peu à peu Régine parvint à le pousser dehors et le conduisit jusqu'à l'extrémité du jardin. Là, il fallut bien se séparer : on risquait trop d'être aperçu.

— Adieu ! Adieu !

Et, s'armant de courage, Christian s'enfuit à travers la vigne.

Le soir venu, l'oncle Garnerot chargea les malles sur sa brouette et s'achemina vers la gare. Régine le suivait à distance, regardant sans cesse derrière elle, scrutant tous les recoins, pleine d'inquiétude et d'anxiété. Si ce terrible enfant s'était ravisé, s'il allait la rattraper au dernier moment et se pendre à ses jupes ? Il en était bien capable !

« Pourtant, je l'ai calmé, se disait-elle ; il m'a promis... Si ce n'est pas pour lui, ce sera pour moi, pour ma... considération! Pauvre chéri! comme il coupe bien dans le pont tout de même, comme il se laisse bien monter le coup! Mais c'est qu'il en tient, il a le diable au corps! Ah! je serai joliment lotie s'il me tombe sur les bras! Quel esclandre, mes amis! Ce sera le bouquet! »

Les abords de la gare étaient sillonnés de promeneurs. Maintes familles, appartenant surtout à la petite bourgeoisie, nombre de jeunes ouvrières et de célibataires désœuvrés ont l'habitude, après leur souper, lorsque le mauvais temps ne les cloue pas au logis, de se diriger vers le square du chemin de fer et d'assister au va-et-vient des voyageurs. Deux ou trois trains se croisent à Bar à cette heure-là ; la buvette est assiégée ; les garçons du buffet courent le long des quais avec des piles de boîtes et glapissent leur boniment: « Confitures de Bar! Madeleines de Commercy! » La voiture de la Poste déverse ses paquets : embusqués près de la barrière de sortie, les portefaix guignent tous les sacs de nuit et vous assourdissent de leurs offres ; le conducteur de l'omnibus vous arquepince au passage, et, casquette en main, vous recommande son hôtel, « le meilleur de la ville, monsieur, autant dire le seul ! Si monsieur veut me donner son bulletin de bagage ? »

En apercevant cette foule, Régine rabattit sa voilette et pressa le pas. Elle était dans des transes mortelles. « Pourvu que ce petit bêta ne soit pas là, qu'il n'aille pas m'agripper !... »

Garnerot l'attendait assis sur sa brouette, au bas des marches du vestibule. Vite, elle entra, prit son billet, embrassa son oncle pendant qu'on enregistrait ses colis, et le congédia. Puis, au lieu de pénétrer dans la salle d'attente, elle se glissa vers l'un des côtés les moins fréquentés du square et se blottit dans l'ombre, sur un banc.

Il lui tardait d'être embarquée ; les minutes lui semblaient des siècles. Elle battait du pied, crispait les doigts, et ne manquait pas néanmoins d'examiner à la dérobée tous les allants et venants.

Le sifflet de la locomotive retentit au loin ; le train, avec un fracas de tonnerre, s'engouffra dans la gare, puis s'arrêta soudain. Un bruit confus de cris, de grincements de portes, de voitures qui roulent, de guichets qui retombent, de ferrures et de vitraux qui s'ébranlent, emplit les airs.

Régine quitta son poste, traversa prestement le vestibule et la salle d'attente, et, sans perdre de temps à choisir un compartiment, courut au plus proche et s'y hissa. Quelqu'un grimpait derrière elle. Elle se retourna et...

— C'est moi ! fit Christian tout essoufflé, le visage couvert de sueur et rouge comme une pivoine. J'arrive juste... Heureusement que je t'ai aperçue ! Il fallait que mes parents fussent couchés, tu comprends... Et j'ai galopé, galopé !... Vois-tu, je ne pouvais pas... C'était plus fort que moi !...

Régine, interdite tout d'abord et abasourdie, revint à elle, et, saisissant le jeune homme par le col de son paletot :

— Va-t'en ! Va-t'en tout de suite ! cria-t-elle

— Non ! répliqua Christian avec une brutale énergie.

— Mais à quoi songes-tu ? Qu'est-ce que je ferai de toi à Paris ? Où te loger ? Comment vivras-tu ? Et tes parents ? Ils mettront la police à tes trousses, on viendra chez moi... Ah ! miséricorde ! Descends, allons, allons ! Je te dis que je ne veux pas...

— Non ! non ! Régine, ne t'inquiète pas ! J'ai de l'argent... Et puis je travaillerai...

— Ah ! mon Dieu, mon Dieu ! Mais va-t'en donc ! Christian, je t'en supplie !

Les quelques minutes d'arrêt étaient écoulées. Aucun autre voyageur n'avait pris place dans le compartiment. « En voiture ! En voiture ! » Un employé s'approcha, ferma la portière, la machine siffla...

— Tu verras comme je t'aimerai bien ! dit Christian, en sautant au cou de Régine et en la dévorant de baisers.

— Ah oui ! Ce sera charmant ! Tu peux y compter ! Nous voilà dans de beaux draps ! Ah ! c'est gentil ! Parfait ! Quelle prouesse !...

Réduite à ronger son frein, elle secouait la tête, haussait les épaules, trépignait, soupirait, grommelait...

— Ah ! le démon ! Ah ! le garnement !

Lui, tout épanoui et jubilant, ravi d'aise et comme enchanté de son exploit, il s'efforçait de l'apaiser, l'embrassait, la cajolait, lui énumérait ses projets.

— Je ne serai pas en peine de gagner ma vie, va ! Je suis très fort en mathématiques. Je ne dessine pas trop mal. J'entrerai chez un architecte, comme a fait un de mes camarades. On lui a donné quinze cents francs pour débuter. Et puis, quand mon père le connaîtra, tout s'arrangera. Belle comme tu es, si douce, si bonne — quand tu veux ! — qui te résisterait ? — Il ne pourra pas refuser... Est-ce vrai, voyons ?

Il ne se doutait guère que sa bonne Régine était alors occupée à se demander par quel moyen elle se débarrasserait de lui en arrivant à Paris, si elle lui signifierait nettement de la quitter et appellerait même au besoin un sergent de ville à son aide, ou bien s'il ne valait pas mieux procéder par ruse, se glisser et se perdre dans la foule et le laisser se débrouiller comme il l'entendrait.

Elle ne commit pas cette lâcheté. Par un reste d'amour, par une sorte de crainte et de pudeur, elle eut pitié de cet enfant : elle se contraignit, parut se rendre à ses instances et accepter la situation ; elle le conduisit chez elle et résolut de dénoncer aussitôt à M. d'Autry la retraite de ce gênant et trop candide greluchon.

L'avis était superflu : avant qu'il parvînt au destinataire, M. d'Autry était complètement édifié sur les hauts faits et le noble gîte du petit chevalier.

Tout en se gardant bien de dire à ses parents où et avec qui il s'enfuyait, Christian avait tenu à tempérer autant que possible leurs inquiétudes : dans une lettre laissée par lui sur sa table, il leur annonçait son départ, les suppliait de lui pardonner et promettait de leur fournir bientôt de ses nouvelles et des renseignements plus détaillés.

Le premier moment de stupeur passé, M. et Mme d'Autry se concertèrent. On questionna les domestiques. Dominique raconta que certains bruits concernant son jeune maître et la nièce du *Pied dégagé*, la Parisienne, circulaient dans le quartier; que lui-même, une ou deux fois, — ce qui lui avait semblé louche, — il avait aperçu M. Christian sortir de la vigne de la demoiselle Garnerot...

— Et tu as attendu que je t'interroge ?... Pourquoi ne pas m'avoir averti ? s'écria M. d'Autry.

— Oh ! mon colonel ! Je n'étais pas sûr, d'abord ; et puis, ces choses-là...

Dominique, ancien soldat et ordonnance de M. d'Autry, avait conservé l'habitude de le nommer par son grade, tandis que les servantes, les fournisseurs et les voisins ne le désignaient jamais que par son titre nobiliaire. Jardinier, valet de chambre, intendant et factotum de la maison, le brave Dominique avait son franc parler vis-à-vis de son maître, et quoique celui-ci, toujours valétudinaire et rhumatisant, fût d'humeur peu joviale et ne se départît pas aisément de sa sou-

cieuse gravité et de sa hautaine et rogue froideur,
il régnait entre eux une sorte de familiarité.

— Eh bien, ces choses-là ? — reprit M. d'Autry.
Est-ce que tu n'avais pas, comme moi, comme
tout le monde ici, droit de surveillance sur ce
bambin ? Avec tes scrupules, tu vois ?...

— Ah ! mon colonel, je ne m'en veux que trop !
Nous sommes tous consternés...

— Qu'est-ce que c'est que cette fille ?

— Pas grand chose de bon ! Vous devinez bien
ce qu'elle peut faire à Paris... Et puis ça se plaît
à venir esbrouffer les pauvres gens de notre Ville-
Haute ! Son oncle est un nommé Garnerot, autrement dit le *Pied dégagé*, une espèce de marau-
deur, un propre à rien... Vous avez dû entendre
causer de lui déjà, mon colonel. Il a été condamné pour braconnage l'an dernier, et sa
femme, qui est malheureuse comme les pierres,
est venue implorer Mᵐᵉ la baronne.

— Possible ! Je ne me souviens pas. Où habite-
t-il ?

— Dans la rue de Naga, en face. Vous n'avez
qu'à vous approcher de la grille, vous verrez la
maison... Il est justement sur sa porte !... Tenez,
cet homme en blouse qui nous tourne le dos...

— Va lui dire de venir me parler.

Dominique obéit ; mais le madré Garnerot,

flairant quelque mésaventure, chercha à esquiver l'entrevue.

— Moi?... M. le baron veut?... Pourquoi donc?...

— Suivez-moi, il vous l'apprendra.

— Mais je n'ai rien à lui dire!

— C'est lui qui a à vous dire quelque chose... Allons!

— Je suis bien fâché... vous lui expliquerez... mais, en ce moment, peux pas! Faut que je trime! J'roule pas sur l'or et l'argent, moi! J'ai des fagots qui m' réclament là-bas, dans la tranchée d' Savonnières...

M. d'Autry, qui assistait de loin à cette scène et s'impatientait, franchit la grille et s'avança.

— C'est bien vous qui êtes l'oncle de M<sup>lle</sup> Garnerot?

Garnerot fit volte-face: il n'y avait plus moyen d'éviter le coup, force était de répondre.

— Monsieur le baron... si je suis?... Oui, monsieur le baron, pour vous servir! répliqua-t-il doucereusement, platement, après avoir ôté sa casquette.

— Et elle est partie hier, votre nièce?

— Hier? monsieur le baron, je... mais...

— Est-elle partie, oui ou non?

— Elle est... oui, monsieur le baron, hier.

— Seule ? dit M. d'Autry d'un ton impérieux et presque menaçant.

— Oh ! tout ce qu'il y a de plus seule ! Je l'ai menée moi-même à la gare...

— C'est bien. Quelle est son adresse à Paris ?

— Son adresse ? Ma foi, monsieur le baron, je vous avouerai... je vous jure, monsieur le baron...

— Pas tant de phrases ! Vous la savez, cette adresse, et il me la faut.

— Si je la savais, monsieur le baron, je m'empresserais... Certainement ! Je l'ai sue, dans le temps, et... *m'en* rappelle pas !

— Vous recouvrerez la mémoire devant le commissaire de police, alors. Soit ! Vous refusez de de me dire où demeure votre nièce, n'est-ce pas ?

— Oh ! monsieur le baron... Je... non !... Je ne refuse pas !... bredouilla Garnerot, que l'évocation de ce fonctionnaire et la perspective de son intervention commençaient à ébranler. Seulement... j'ai oublié... Parole d'honneur !... Peut-être qu'en cherchant je retrouverais... Elle me l'avait laissée sur un mot d'écrit, son adresse... Je vais aller voir...

— Accompagne cet homme, dit M. d'Autry à Dominique.

Garnerot, constatant l'insuccès de ses dilations

et échappatoires, ne fit que quelques pas, puis, se frappant le front :

— Attendez ! Oui ! Rue de Laval, numéro... Ah diable ! numéro...

Craignant que le drôle, tout en ayant l'air de réveiller ses souvenirs et de se creuser la cervelle, ne s'avisât de se jouer de lui et de l'induire en erreur, M. d'Autry réitéra sa menace.

— Au fait, vous vous expliquerez devant le commissaire de police, c'est préférable.

— Non, monsieur le baron, j'y suis ! C'est rue de Laval, numéro 15.

— Tu as entendu, Dominique ? Rue de Laval, numéro 15. Si le renseignement est faux...

— Oh ! monsieur le baron, comment pouvez-vous supposer ?... Quand je n' sais pas, vous avez bien vu, je dis que je n'sais pas ; mais, quand j'affirme, c'est que j'suis certain... Le cœur sur la main, moi, toujours, monsieur le baron !...

Le soir même, par le même train que Régine et Christian avaient pris la veille, M. d'Autry filait sur Paris, et le lendemain, vers onze heures, il arrivait à l'adresse indiquée et sonnait à l'entresol de « Madame Régine ».

Le cher petit chevalier et sa Dulcinée étaient à table, et finissaient de déjeuner, lorsque Joséphine, — une vieille ivrognesse, borgne et repoussante, qui servait de femme de chambre et de cuisinière à Régine, et le plus souvent lui tenait lieu de dame de compagnie et de confidente, — remit à sa maîtresse la carte du baron d'Autry.

Régine tressauta : elle n'espérait pas si tôt sa délivrance.

— Tiens, lis ! fit-elle, en passant à Christian le carré de vélin. Eh bien ! nous y voilà ? Ça n'a pas été long !

Christian n'en croyait pas ses yeux.

— N'y va pas ! Qu'on dise que tu es absente !

— Mais c'est que ce monsieur ne m'a pas donné le temps... Il est entré tout de go, répliqua Joséphine. Et puis, il a l'air très bien, vous savez, — un homme chic, décoré, un peu mûr, mais... chic tout de même ! Alors je l'ai introduit au salon...

— Réponds-lui que tu ne m'as pas vu, Régine, que tu ne me connais pas...

— Bien entendu ! Sois tranquille.

— Ah ! ma pauvre amie !... Si je me cachais, dis ?

— Non, reste là. C'est l'affaire d'un instant. Je vais l'expédier...

En un tour de main, elle enleva sa résille et remédia au désordre de sa chevelure, ajusta son peignoir, et, grave, imposante, superbe de flegme et de dignité, elle se rendit auprès du visiteur.

M. d'Autry la salua froidement.

— Veuillez prendre la peine de vous asseoir, monsieur !

Il ne fit pas mine d'avoir entendu et aborda de prime saut la question.

— Vous avez quitté Bar-le-Duc avant-hier soir, madame, en enlevant un jeune homme, presque un enfant...

— Pardon, monsieur, interrompit-elle en étendant la main. Je n'ai enlevé, ni même emmené personne. Un jeune homme, votre fils, s'est obstiné à me suivre, effectivement ; je n'ai pas voulu le laisser sur le pavé, je l'ai recueilli chez moi, et je vous ai prévenu aussitôt. Vous auriez reçu ma lettre ce matin même, si vous n'étiez pas parti.

— Il est ici, alors ?

— Oui, monsieur, et j'avais hâte que vous vinssiez le reprendre, je vous l'avoue. J'ai tout fait pour le dissuader de s'enfuir, pour m'en... dépêtrer, et j'ai échoué.

— Vous plairait-il de me conduire près de lui ou de me l'envoyer ?

— Il n'est sans doute pas nécessaire que je sois témoin de la... de l'entrevue, n'est-ce pas, monsieur ? dit Régine. Moi, j'aimerais mieux m'en dispenser. Vous n'avez qu'à traverser cette pièce, vous ouvrirez la porte, là, à gauche... C'est ma salle à manger... Vous y trouverez votre fils. Ne le rudoyez pas, je vous en prie ; c'est un enfant, ainsi que vous le disiez, un bon petit garçon, pas l'ombre de malice ; mais c'est jeune, ça ne réfléchit pas... Que voulez-vous !... Seulement, de grâce, ne vous en allez pas sans lui !

— Il suffit, madame. Je vous remercie.

Et, suivant les indications qu'il venait de recevoir, M. d'Autry arriva près de Christian.

— Ne bouge pas ! cria-t-il, en voyant que celui-ci se préparait à se sauver.

Il le happa au collet, lui arracha des mains sa serviette et la lança sur une chaise.

— Polisson ! Tu n'as pas honte ? Toi, ici !... Mon fils !...Si chrétiennement élevé, si... Ah !... Qui aurait jamais cru ?... Tiens-toi là !

Il tira son portefeuille, y prit un billet de banque qu'il jeta sur la table ; puis, saisissant le bras de Christian :

— Allons, marche, mauvais sujet !

Et il lui imprima une vigoureuse secousse et l'entraîna.

Sur le point de franchir le seuil de l'apparte-

ment, Christian tenta de se retenir et s'arcbouta
contre la porte :

— Oh! laisse ! Que je lui dise adieu, au moins!
s'écria-t-il en éclatant en sanglots..

— Ils sont faits, tes adieux ! Marche, te dis-je
ou sinon !...

Et il l'empoigna par l'oreille et lui administra
deux ou trois coups de pied dans le derrière.

— Petit imbécile! Misérable !

## XVI

Hubert Vauquois comparut le mois suivant devant la cour d'assises de Saint-Mihiel. Son avocat n'eut pas de peine à démontrer qu'il avait été itérativement provoqué et que si la collision n'avait pas éclaté plus tôt, c'était grâce au sang-froid, à la longanimité et la mansuétude, véritablement admirables, de son client; que, dans l'espèce, lors du funeste et mille fois déplorable événement qui avait ensanglanté la côte de Resson et plongé dans la stupeur et l'effroi les paisibles habitants de ces campagnes, non seulement tout soupçon de préméditation devait être écarté, mais que l'accusé, victime d'une inqualifiable agression, frappé à bout portant, en plein visage, d'une décharge qui avait failli être meurtrière et dont les traces subsistaient encore, s'était trouvé dans le cas de légitime défense. *Aut vincere, aut mori !*

Après une courte délibération du jury, la cour prononça l'acquittement.

Hubert néanmoins ne revint pas à Bar. Le bruit causé par cette tragique affaire et le triste renom qu'elle lui avait valu le décidèrent à se réfugier à Paris. Là, il renoua ses relations avec sa vieille amie Régine, les resserra plus étroitement qu'auparavant, et finit même par cohabiter avec elle. Il l'épousera sans doute un jour, et ce jour n'est pas loin, car M<sup>me</sup> Vauquois, privée de son plus cher appui, ravie à la plus tenace et la plus douce de ses espérances, — voir sa jeune famille se former et croître autour d'elle, — esseulée, abandonnée, brisée par le chagrin et par l'âge, touche à sa fin. Du moins, son fils lui aura-t-il épargné de son vivant la honte d'une telle mésalliance.

Le petit chevalier, réintégré au bercail et sévèrement admonesté, a continué ses études et fait ses *spéciales* au lycée de Bar-le-Duc, sous l'aile maternelle. Admis à l'École polytechnique, puis à l'École d'application de Fontainebleau, il n'a pas dérogé au glorieux exemple de ses ancêtres : il figure aujourd'hui dans les cadres du Génie, comme tous les Ghessart d'Autry, et porte l'épaulette de lieutenant.

Lorsqu'il se remémore son aveugle passion pour M^{lle} Garnerot et sa folle aventure, — ce qui ne lui arrive pas souvent, — il ne peut s'empêcher de sourire et de se décerner l'épithète que son père et sa bonne Régine lui avaient appliquée : — « Que j'étais donc bête dans ce temps-là ! »

M^{me} Adnesse et Eulalie habitent toujours la maison de la place Saint-Pierre. La mort de leur seigneur et maître, de ce bourru malfaisant, leur a procuré ce qu'elles n'avaient jamais connu jusqu'alors, la paix et la tranquillité. Elles le regrettent pourtant, elles le pleurent, et cette tranquillité même n'est qu'apparente : un soupçon terrible, une affreuse appréhension s'y glisse et la bouleverse.

« Si mon pauvre Narcisse n'était pas en état de grâce? Ah! Dieu de miséricorde! Dieu tout-puissant! marmonne à tout instant la pieuse veuve. Intercédez pour lui, Marie, refuge des pécheurs, divine mère qu'on n'a jamais implorée en vain! »

Elles ont fondé plusieurs messes pour le repos de cette âme compromise, et, afin d'abréger son temps d'épreuve, de la tirer au plus vite du purgatoire, Eulalie a fait vœu d'entrer au couvent et de prendre le voile, dès que M^{me} Adnesse ne sera plus.

Sur le lieu du meurtre, au tournant de la côte de Resson, elles ont érigé un humble monument, une stèle rustique, avec cette épitaphe :

A MONSIEUR N. ADNESSE

MORT EN CET ENDROIT.

PASSANTS, PRIEZ POUR LUI.

Mais, sauf quelque vigneron indifférent à tout ce qui ne concerne pas ses *pineaux* et ses *plans*, quelque chasseur altéré et recru, pressé de dévaler au village et d'atteindre l'auberge de la mère Puigerolle, personne ne passe dans l'abrupt sentier. La mousse a étendu sa lèpre sur l'inscription ; les broussailles et les ronces, poussant à foison autour de la funèbre pierre, l'ont peu à peu ensevelie sous leurs lianes : aujourd'hui chasseurs et vignerons n'en distinguent plus traces.

FIN

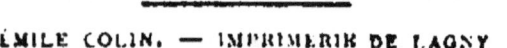
ÉMILE COLIN. — IMPRIMERIE DE LAGNY

# AVIS DES ÉDITEURS

Le but de la collection des *Auteurs célèbres à* **60** *centimes* est de mettre entre toutes les mains de bonnes éditions des meilleurs écrivains modernes et contemporains.

Sous un format commode et pouvant en même temps tenir une belle place dans toute bibliothèque, il paraît chaque semaine un volume.

## CHAQUE OUVRAGE EST COMPLET EN UN VOLUME

### POUR LES Nᵒˢ 1 A 70, DEMANDER LE CATALOGUE SPÉCIAL

PARIS. — IMP. C. MARPON ET E. FLAMMARION, RUE RACINE

www.ingramcontent.com/pod-product-compliance
Lightning Source LLC
Chambersburg PA
CBHW070506030726
47503CB00004B/1182